陈应松长篇随笔

# 小镇逝水录

陈应松 著

江苏凤凰文艺出版社
JIANGSU PHOENIX LITERATURE AND ART PUBLISHING

# 引　子

小镇在一条河边，河中逝水，犹如纪年。

这小镇即我出生的小镇，它叫黄金口，紧靠虎渡河。1998 年震惊全国的公安孟溪溃口，即在我们的小镇虎渡河下游仅 20 里处，黄金口又在荆江分洪区腹地。1954 年的分洪，大水曾把它浸泡得喑哑无声。可以说，小镇是水养大的。它又在神秘、神奇的北纬 30° 上。这北纬 30° 有许多稀奇古怪的自然景观与人文景观，从中国数起：有普陀山、黄山、九华山、庐山、峨眉山、喜马拉雅山。最高的世界屋脊和中国佛教四大名山这个纬度就占了三座。而北纬 30° 是世界几条大河的入海口；美国的密西西比、中国的长江、中东的幼发拉底河和底格里斯河及埃及的埃及河；这条纬度上还有一些产生宗教的河流，印度的恒河、中国西藏的拉萨河；还有神奇的东西：太平洋上的魔鬼三角区，埃及金字塔，宗教的圣城也是伊斯兰教与犹太教的生死搏斗之所耶路撒冷，自贡的恐龙化石，两个大湖——鄱阳湖、洞庭湖，神奇程度不亚于魔鬼三角区的鄱阳湖老君庙（也是沉船区），出现过多次水怪的洪湖，野人出没的神农架，出现过隐形人（吵闹鬼）的松滋……我庆幸我生于这样一条纬度上。

一场大雪迎我来到人世，河边的风雪尤其凛冽，这不要紧，门外虽寒，有母亲的暖怀，所以人世的温情是不可怀疑的。这正像若干年后我从小镇走到很远的稀奇古怪的世界，到处陌生面孔人情凛冽，小镇的记忆却成了母亲般的暖怀，每当想起那些，如饮醇醪。

然而，此时小镇非彼时小镇了。

过去小镇的一切，都如老兽隐没进时间的荒漠里，如一片肥硕的真菌，倏忽的光鲜，瞬间被风雨日月摧毁得无影无踪；那些在小镇上走来走去的人，他们现在许多都归于尘土了，他们的声音，他们的相貌，他们生活时组成的那个小镇的格局，还有许多许多的声音，榨油人半夜的吼声，扛包的人在码头留下的吆喝声，猪行的猪叫，驾船的男女在船上的嘈杂之声，银匠的锤声和更夫的锣声，以及许多现在已经罕见而且变调的声音，都让我怀念不已。

我想重新复苏这种声音，让它们组成旧时的故乡小镇；让我重新生活一遍，重新在没有电灯、没有汽车（偶尔才能见到），寂静而充满着刺激和幻觉的暗夜里，走她的街巷和河堤，走那些充满着鬼的传说和巫的气氛也充满着人的温馨的郊野。

也许，我怀念的是一把把的尘土——那些人和物都变成了尘土，但是怀念故乡的尘土，怀念上帝将这些尘土捏成的一个个人物和故事，在偏远的荒河的一隅，我看见了上帝无意间的游戏，在阳光下，梅雨中，在许多节日里——清明以及除夕所给予我一个少年的忧伤和怀想，这真是一种蒙恩啊！虽然它如此短暂，可是一旦变成文字，它就将永存，与太阳和泥土同在。

# 目　录

# 黄金口

黄金口旧有“小沙市”之称。

那是说它的热闹，繁华颇似大码头。既是码头，既如城市，那就有青石板的台阶，幽幽曲曲的小巷。然而没有。

千帆林立的景象有过，堤脚、堤上堆砌着高高的杉松圆木堆，摆列着军阵一样的榨菜坛子。

黄金口傍虎渡河，以水养镇。河上河下，堤内堤外，方圆不过二三里地，住户三百来家。

虎渡河是长江的支流，流入洞庭湖，沿岸小镇密集。过去有一河——书上大约叫东河，从黄金口向北分去，直通县城的油江口。因而黄金口有两河之便，自然就热闹起来了。河上有桥相连，两岸店铺麇集，手工业兴盛。这桥叫三穴桥，石桥，七孔，在明代时是县中最壮观最大的桥了。不过在我记事后，东河口早就成旱地了，桥也荡然无存。小河还有一条，通瓦池，能直达闸口镇，但也是一条无源之水。过去的河堤只是无用的土堆遗址。我家下放的金星大队，大多住在老河堤上；有一段堤还成了乱葬岗。

黄金口分老街、新街、老场。我家住老街，旧名益阳街，主要此街多为湖南益阳的生意人，属镇中心。旧时有各种商行，连美孚、亚细亚等洋油公司也在此设有机构。新街有城镇户口和农村户口杂居，老场则多是乡下人。

黄金口地名的传说与刘备有关。“公安”也是“左公居安”之处，左公即为刘备。刘备与孙权联合大败曹操后，为防孙权夺走荆州，于是驻守荆江南岸即公安。有一次，刘备之妻孙夫人病了，三天三夜不吃不喝不说话，刘备细心照顾，孙夫人才启齿开言，刘备大喜曰："娘娘开了黄金口，娘娘开了黄金口！"

黄金口可记的有一场北伐之战，贺龙、杨其昌部与吴佩孚北洋军之部王都庆、于学忠恶战在黄金口老场，激战五天五夜。北洋军死两千余人，北伐军死千余人，北伐军旅长贺敦武战死。死去的将士全埋在虎渡河边的座金山。数十年来，白骨时常被水冲刷出来，森然满目，平添恐怖。长辈人没有谁说是英雄遗骨，只是闹鬼，鬼火莹莹。无碑无坟，荒垅黄泉谁人悼？可见历史大多哑口无声。但另有一说，此役是在老街的横堤上打的，这横堤即现在的乱葬岗。

黄金口名人中，明代的杨溥最有名，他是宣德、正统年间的内阁大臣，实行宰相之职。明史盛赞此人"有雅操，质直廉静"。"公安三袁"之一袁宏道有《黄金口诗》这么写道："乡落也陶然，篱花古岸边。田翁扪虱坐，溪女带竿眠。小港芦租户，低仓米税船。河舠与生酒，兴剧不论钱。"黄金口俨然世外桃源！

公安是湘鄂西边地，说是湖北，湖南人却占半数，风俗习惯与土语也与湖南近似，特别是建筑。据说过去的黄金口大多是吊脚楼，开了后门，在屋檐下吊虎渡河水吃。后来河岸崩塌，街屋倾圮，河边多是断砖瓦砾，斜向河心的青砖墙角排排可见。细心挖找，能挖出许多铜板铜钱和过去生活的铜、锡、陶器制品来。去年我回黄金口，就在河边捡了五枚铜钱。

有一年挖铜钱，搬运站两兄弟挖到一个铜壶，没有盖。他们说，肯定有盖，再在旁边挖，果然挖出一盖来，且是铜壶的原盖，丝毫不差，少说是百年之物，拿回家装"三匹罐"（一种大碗茶）去了。

# 虎渡河

虎渡河是一条野河。

它酷肖长江，其水到夏日便浑黄，流速急遽，淹田毁屋，它从长江流出，注入洞庭湖。

据说它被称为沱水，为长江南支，后淤塞成小河了。

未必可信。老辈人说，虎渡河过去是一条水沟，两岸人可以隔沟对火，以后江水冲刷，才成如今这副无情无义的模样。

县志记载，当年虎渡河口宽仅丈许，故江流之入者细，因吴三桂撤毁石矶，今口门宽数十丈，故江流取捷径入洞庭。吴三桂干出这等伤天害理之事来，该诛！

宋代仁宗皇帝有一次召见公安大学者张景，皇帝问："卿居何处？"张景答："两岸绿柳遮虎渡，一湾青草护龙洲。"皇帝还问到公安人吃什么呀，张景回答："新粟米炊鱼子饭，嫩冬瓜煮鳖裙羹。"

这么说起来，公安人真是好口福，个个都是地主了。虎渡河流域虽然是鱼米之乡，也吃过鱼子饭，也喝过鳖裙羹，那都是有次数的。两岸绿柳，一湾青草，不假。

虎渡河沿岸小镇，有名的就有弥陀市（属江陵县，现为荆州区）、黄金口、夹竹园、闸口、南平、黄山头镇等。

小河虽小，却也是连接江汉平原和洞庭湖平原的主要河道之一。从三湘四水来的货物，木、竹、漆、篾器、干鱼、板栗、李子等，都经此河流向长江，而从四川、湖北、河南、下江来的各种货物，特别是日用杂品，又同时送抵洞庭湖区乃至更远。

虎渡河是一条季节性河流，四至十一月可以通航。每到十一月，许多长江上的船就进入虎渡河口，湖南船居多。在河沿岸随便找一处码头，修理船舶，安度冬天。来年的四月等川江的汛水下来，船也就活了，然后各自升帆，各自东西。

黄金口的河堤上，在冬日的阳光里总有一些补帆的女子，岸边是敲敲打打修船的景色。这些人，无论男女，都晒得黧黑。

据《荆州府志》记虎渡河之名由来：“后汉时郢中猛兽为害，太守法雄悉令毁去陷阱，虎遂渡去。”另一说为：“孝子施宜生过此，虎感其孝，负子渡河以避之。”

## 小火轮

四月，小火轮就要开班了。小火轮在那时是人们出行的唯一交通工具。

小火轮开班，是沿岸人盼望已久的一件大事。通常航运公司会在沿岸小镇张贴海报，告知船期、班次。而准备外出的人也时常到候船室打听。

黄金口候船室就一个人，是搬运站的职工，做兼职，姓戴，女性。她会告诉你何时开航，票涨价没有。不过那时候票一般不会涨价。

候船室坑坑洼洼，四面墙壁空空如也，石灰驳落，几条柳木长椅。河下有一趸船，是一沈姓老头和他的老伴守着。无船来就钓鱼，有船接船。一到夏天，到趸船上去乘凉的、跳水（游泳）的、熙熙攘攘。沈老头从来不制止。

来往于虎渡河及松东河流域的有公安、沙市、湖南安乡、津市的客轮。公安的有公安一号、二号，津市的是“韶山号”，“韶山号”是扁豆形的，公安的船，还有沙市的船，是仿照长航大客轮的式样。沙市有“沙市四号”和“江弥”号二艘。

小火轮妙在一个慢字。百十来个乘客，客货混装，装鱼装猪，装辣椒装稻谷，挑担的，背篓的，臭汗香汗，应有尽有。

船分上下两层。上层一半住船员，因此穿海魂衫的船员（大多是青年后生），趿着拖鞋在旅客中走来走去，是很气派的。

航行于夏季的汛水中，小火轮贴岸而行，两岸绿柳逶迤相随，村庄掩映其间，白鹅黑狗，野老村夫，历历在目。间或芦苇起伏，鸬鹚船出没，简直是游山玩水。

小火轮最让人难舍的是中餐，三毛钱，不收粮票，碗里还有一大堆红烧肉（肥九瘦一）。而你一旦下了船，随便上哪儿吃东西，都得掏粮票。

# 船与船帮

虎渡河上人多口杂，小镇上说话的口音跟如今大城市差不多，南腔北调，琳琅满目。

小小虎渡河流域有五邑帮、河南帮、衡阳帮、荆宜帮、篾货帮、湖南帮（又称南帮）、天门帮、九里帮、黄帮等船民帮口。

叫得出名字的船，如湘驳、乌江子、湖南倒扒子、铜勺子、麻洋子、五板子、七板子、舵笼子、丫梢划子、松滋葫芦子、浏阳铲子、蛾眉豆、豌豆壳、荆帮划子等不一而足。

船民的孩子唱：“乌江子两只角，只走新康靖港河，出了靖港河，就要搬掉两只角。”

最干净的船数湖南船。他们的船总是刷得金黄锃亮，船舱一尘不染。船家船家，一船一家，大人小孩，居家过日子，收拾当然要清爽。

川船——四川来的就糟糕透顶。多是舵笼子，四面敞篷，未敞的也是篾席破烂，形同丐帮。他们的船好像百年未刷过桐油似的。这些船多为单身男人，狗窝一般就不足为奇了。这些人还有一个毛病，爱光腚。光着腚扳舵，穿短裤处和其他处黑白分明，他们不以为耻。

船数湖南的倒扒子最多，规格因地而异。有临湘的、长沙的、湘乡的、湘潭的、衡山的、捞刀河的。

这种船两头可以航行。吃水深，适应性强。有歌曰：“倒扒子，两头尖，有水能上天。”

最好看的船要数五板子了。时常看见三桅的它，扯起三张大帆来，在虎渡河中，真是气象万千，风情万种。

最小的船要数篾货帮的。是本地的一种小船，篾篷，常独往独来。夜泊时也从不与大船扎堆，是自惭形秽，还是紧守本分，不得而知。这种船船头船尾盖得严严实实，若在雪景中，就是一幅意境深远的画了。它主要运一些竹制品、陶制品之类，而船主在没事时也爱编一些筐、篮之类的篾货，故名。

# 荡　纤

荡纤是一门考技术考力量的活儿。

黄金口码头总是泊有许许多多的船，高桅如林，下游的船来了，拉纤的人要继续赶路，就得将纤绳越过这些桅杆。

又沉又长的纤绳，要一支支越过数米高的桅杆，这本事三年五载难学到手，一般年轻的纤夫不荡，荡纤的都是中年男人。拉纤的身体都非常壮实，弓着步，绾着纤，两边荡过几下后以惯性飞越过桅杆去。每当这时，河边就有许多人观看，看纤夫的身手。被荡的桅杆船上的人也出来了，纤夫自家船上的船妇也在船头拿着篙子，抵住人家船尾，以帮岸上荡纤的人调整好角度。每荡过去一支桅，河上岸上就一片叫好声。

也有荡不过去的，纤夫就只好将背褡布解下，将纤绳放了，由自家船上的人去收了纤绳。往往收一根纤绳要耗很长时间，纤绳是太长太长了。收纤绳时，荡纤人就站在岸上，哪儿也不敢看，因为丢了面子。

无论荡过去，还是未荡过去，总算经过了小镇。然后几个纤夫又拉起纤，唱着一些悠长的、怪异的纤歌，向上游走去。

## 三袁的描述

晚明“公安三袁”以文章青史留名，被称为“公安派”，鲁迅兄弟特别推崇。

“三袁”也多次提到明代的虎渡河，就在他们的家门口。

“今春乃以舟从虎渡转入三穴桥小河。时四月矣，两岸杨柳森疏，开窗临水，读书作字……”“津市新舟成，将游吴越，值虎渡涸，不得出……”

另袁中道一篇游记中写道：“两岸多垂杨，渔家栉比，茂树清流，真可消夏。”

## 挖铜钱

黄金口的旧街若干年前就崩圮到河中去了，据我母亲说，崩到河中去的有整整两条街，她说到 ×× 一家，一夜之间房舍、人，都崩得无影无踪；又说 ××，也是一家人，这些有名有姓被河水卷去的人，就是小镇沧桑的历史。河边到处是瓦砾、墙基、陶片、瓷片，真是逝水如刀，有时这刀太锋利了。

夹杂在淤泥中和砖缝中的明干钱（就是铜钱，穿眼的那种）和铜壳子（就是铜板），每当在下雨后和汛水退去后或者被浪打过后，就会隐现出来。只要低下头看，锈蚀严重（有缺损和字迹不清）的，一般没人要，遍地都是。那时候捡这些东西的概念是越大越好的，不算罕物，就是铜而已，去收购门市部换钱。对这些没有年代概念。就是五铢鬼脸又如何，一样过秤。

有一年挖铜钱成疯了，原因是有人在河边墙基里刨到了一窝铜壳子，一层层码得很好，挖出来，字迹清晰，五十文、一百文、两百文的，清朝、民国以及其他什么年代的都有。

好像是镇郊座金山来拾猪粪的孩子们发现的。码头上有个牲猪仓库，食品站的，猪粪不少，猪一般是从各地水路运来，由黄金口从旱路转运至斗湖堤县城，再转运到各地。乡下的孩子放学后和星期天就会成群结队地来偷猪粪。

养猪和打扫猪圈的是个癞子，有时在，有时不在。偷粪的孩子趁他不在，就翻进猪圈去，用箢箕和钉耙耙上一箢箕和几箢箕猪粪，然后逃之夭夭。

他们使用的钉耙是特制的，叫粪耙子，三齿五齿的都有，可能是没有粪拾时，在河边偶尔翻墙基翻出来的钱财。

一传十，十传百，镇上的孩子都涌向河边去刨铜壳子。

巴掌大的河边翻天覆地地刨来刨去，谁都不会空手而归，总能挖得到一些铜钱，孩子们的荷包里总是叮叮当当响，然后拿到收购门市部去卖。

除了挖到铜钱外，各种铜制品都能挖得到，铜壶、铜勺、铜签、铜烟嘴……

收购门市部有两个大黄桶，那一年，不几天大黄桶就会装满，全是铜板铜钱。这些铜板铜钱都拉到城里的冶炼厂化成铜水，做螺钉螺帽去了。

## 缓　滩

沿河有许多缓滩，淤泥硬了的时候，在上面走是很有意思的。上学放学走河堤，也走河边的缓滩。缓滩上也能偶尔捡拾到铜制品。那是被风浪冲刷而现出来的，似乎永远捡拾不完。

我拾到过铜烟嘴、铜勺之类的东西。我想好像波浪是一只手，把这些东西从河里捞出来送上岸的。也许这些铜制品就是一种岁月的浪渣，浪上岸了。

我还拾到一只小孩的银脚镯，上面有个小银铃铛，我将它拿到银匠铺，找邹银匠换了三角钱。

当时的价就是如此。

## 对　岸

黄金口的对岸是唐嘴。

唐嘴有几间小铺子，有一条小街。有一年，唐嘴岸边突然出现大面积崩坍，靠河边的几家民房都崩得歪歪扭扭了，以后就搬了家。因此唐嘴成了半边街，就靠河堤的半边。

唐嘴是另外一个区了，属玉湖，口音也有区别，好像有点松滋尾音。

然而我们还是经常去唐嘴，去钓鱼、砍青、捡破烂。

玉湖有大片的湖区和沼泽地带。有鱼，有水草。钓鱼是很惬意的事，经常是与父亲一起去，也有时放学后与同伴一起去，过渡有时买票，有时也可以混过去。票是三分钱，后来涨至五分钱。

划渡船的也是一个癞子（黄金口的癞子多），姓叶，与他的女儿、儿子三人划一条渡船。女儿也是一个癞子，以致好久都没嫁出去。叶渡工没老婆，不知是死了还是跟人跑了。

砍青是在四月间，沼泽地上的草大约五寸以上了，我们天不亮就得拿着扁担、绳子、镰刀过河。过河后要走五六里地，才能找到一处别人未割的地方开始下镰。

十来岁的年纪，一般砍五六十斤就不能砍了，捆好，然后挑回来。第二天早上就去排队卖给搬运站和县装卸公司来此收购的人。他们喂有大量的骡马、驴子。收草的人味很大，说这个湿水湿多了（先在水里泡再过秤），那个草不纯太短、蔫了，等等。卖草的孩子也有往草捆里塞砖塞土块的以增加重量。

一斤草一分五或一分钱。

到对岸除了干这些，还拾破烂。那时我常常拾破烂补贴家用。拾破铜烂铁、布筋子等。黄金口拾破烂的太多，我们几个小孩就一约，坐船去唐嘴捡。专找人家粪堆，在里面刨能卖钱的东西，因此小时候每年夏天我的双腿总是长疮。如今，一腿的疮疤，就是那时拾破烂的见证。

对岸往上游走，过了军堤（一个地名），就全是围湖造田建起来的水田乡了，也有大片无人的沼泽，在一个沼泽地里，有一个铁塔。

这铁塔不知是何人所建，有何作用。在铁塔不远我有个亲戚。每到对岸去无论钓鱼、砍青、捡破烂，我都爱爬那个光秃秃、孤零零的锈铁塔。

爬上去做什么？看远处。黄金口一带没有山，也没有楼房，此铁塔就是最高点了。

人都有登高望远的欲望。

## 夏季涨水

一到夏季，就有蓄洪的谣言。

蓄洪就是分洪，黄金口在荆江分洪区。

分洪区在长江和虎渡河的夹缝里。一些小镇则叫安全区，用大堤包围住。所谓安全区，就是分洪后让老百姓暂住的地方。

黄金口正是安全区之一。

住在安全区内，也不很安心，谣言纷纷，说今年肯定要炸堤，每年如此说，总也没见炸堤。但如果炸了堤，分了洪，安全区就是密压压的人，挤着住，那多难受。

每天我们都到河边去看水情。

水总是涨到堤坡边，将河边的人家全淹了。水好像马上要漫过堤的样子。巡堤的人住在堤上的哨棚里。涨水季节总是大雨绵绵，巡堤的人提着马灯，提着锣，穿着蓑衣，给人很紧张的气氛。

一到涨水，我家里就会堆满许多乡下农民寄存来的衣物大包、粮食、木箱。

这些安全区以外的农民，以防突然分洪，家财一水漂去，先就将值钱的棉被、冬装和粮食收好，找镇上的亲戚朋友借屋寄存。

我父母均是裁缝，在乡下经常做上工，认识许多农民，于是这些农民便将他们的东西堆到我家来了。

水退去的时候，这些东西又被手推车推走了。

分洪区的农民，总是在对水的惶惑惧怕中年复一年地过日子，没有安定感。

分洪是为了保武汉，所以分洪区的人对武汉没有好印象。为啥要淹咱们的家园保武汉呢？武汉不就是有个武钢吗？还有中山公园，还有长江大桥，粮票上的那座桥。真是没有道理。

# 更　夫

从我记事起，黄金口的第一个更夫是个孤老头子，瓮鼻，大家叫他“瓮鼻子”。背后叫。

他住在从渡口翻过堤来进入益阳街的半坡旁，估计是公家的房子，木板墙，草盖。

那一间房子，没有谁进去，又脏又破，唯一亮眼的就是那面锣。锣比较大，脸盆大小，锣锤上缠着红布头儿。

大约吃晚饭时打第一遍锣。九点时打第二遍锣，十一二点打第三遍锣。打第三遍锣时，总把人从梦中打醒。

第一遍锣是镇上的每个角落都打，边打边喊：

“水缸要挑满哪——”“灶门口要收干净哪——”

没有喊防盗的话。那时没有什么强盗，只是喜欢失火。

第二遍锣依然是以上的话，只是在堤上和正街上打了。

第三遍，听不清他说了什么，只听得见隐隐的、沙哑的、低沉的锣声，在人的梦乡边游弋。

在小镇静谧的、只有狗犬和风声的夜晚，那锣声好不孤单，简直如游魂。

第一任更夫死后，好像一段时间没有打锣的了。镇上也平添了多起火灾，于是有了接班的更夫。

这更夫是搬运站的一个老头，杨姓，个头较矮。这之前他是挑水卖的，一担水五分钱，我记得我家都找他买过水。后来他老了，更夫死了，他就做更夫。

他第一次打锣时带着他的儿子和姑娘，都是矮锉个儿。

他喊话的声音不利索，没有“瓮鼻子”有味，而且带着一丝羞怯，好像打锣（当地对更夫的叫法）是一件很掉分儿的事情，是五类分子上批斗台，众目睽睽。

而且他的锣不是“瓮鼻子”的那面锣——那面老锣。老杨的是一面新锣，金黄发亮，锣也小，显得极不地道，简直不像个更夫，像耍猴的河南胯子的锣，像为样板戏敲点子的锣。大家似乎也不准备听他的叮嘱将水缸、灶门都搞得安安全全，清清爽爽。

他的锣声没有什么意思了。而且大家都在半夜诅咒他，把人吵醒了。

我也认为他不配做更夫，不像更夫，他有儿有女，长得矮矮壮壮。我认为，更夫应该是“瓮鼻子”一样的孤老头子，且不与人来往。那样孤单无助的锣声才配在我们小镇的夜晚响起。它使小镇变得更古老，更荒静，也更遥远。

# 罗胜娃

罗胜娃在我的同学中是最穷的。

他父亲是一个老实巴交的人，只会种地。他家住在黄金口废堤下，门对废堤，没一点儿禾场，废堤上是新岗大队的加工厂。他和周围的居民属荆城大队。在我们小镇，许多人都是乡下户口。

据说在新中国成立初那阵儿，没有户口概念，许多人不想有城镇户口，宁愿在周边乡下参加土改分田。后来分的田都归了公，而城镇户口虽没有田，以后就越来越好了，越来越有优越性。

罗胜娃家除了有两张床外，似乎什么也没有，说“家徒四壁”就像是指他家。他家总是用酱佐饭，蔬菜都很少。

穿呢，还周正。罗胜娃有个观点——也是他父母的观点，认为吃是关着门吃的，外人不知道，吃差点无所谓，穿是脸面，要穿好一点儿。所以他家过年也只吃两碗菜。

吃是关着门的事，也不尽然，也会留下后遗症。比如，他小学没读完，眼睛就坏了。那时学习又不紧，同学中没一个坏眼睛的，大约是严重缺乏营养特别是维生素所致。眼睛坏时他有了个姐夫，姐夫给他配了副劣质眼镜，他就这样成了黄金口第一个戴眼镜的孩子。

他比我们都成熟得早，没考上中学就戴上很深的近视眼镜劳动去了。

有一次我在县城见到他，他骑着一辆破自行车来县城卖菜。

# 杨老五

杨老五在家并不排行老五，是指他家五个儿子中他数第五。他还有两个姐姐。五男二女。五龙二凤，按当地的说法，是最佳的孩子数。在黄金口，多子女家庭很多，有五男二女的，只此一家。

杨老五家的兄姐一个个高大得像杨树。这么一大家人，谁都不敢惹，可以说打遍天下无敌手。他母亲是个高女人，因此孩子都高，有俗话说：父亲矮，矮一个，母亲矮，矮一窝。反之亦然。

杨老五的侄儿侄女跟他年龄相当，有的还比他大，也就是说，他的母亲生他时，他哥、姐也在加紧生产。

他兄姐都住在一堆，在他家周围，就像一棵树发的一些枝丫。连他的大姐也在他家紧旁。公安县喜欢招女婿，至今如此，不知何时形成此俗。

杨家的人总是那么勤快，总是不停地挑粪、浇水、和泥。那时候，他们还编一些盐包席。用蒲草编织的，编成一块块，糊上纸，晒干，卖给日杂铺，这些席不是包盐去的，是去剪鞋样的，只不过都叫“盐包席”而已。

他和他兄姐家都烧牛粪，省去了许多柴薪。那年月柴薪的确紧张。

拾到的牛粪在墙上贴成饼状晒干，剥下来就成了好燃料。

他们几家兄姐的墙上，密密麻麻，排列有序地贴满了牛粪饼。他们的墙也是用牛粪抹的，牛粪抹的墙面光滑平整，永不裂口。每到过年之前，家家都要重新将土墙抹刷一遍。一般人家很难拾到牛粪，也怕脏，仅用黄泥抹，黄泥抹的墙不仅不平整，还容易掉，一年不到头就花一块白一块，我家即是。而杨家们的墙是用黄泥掺了大量牛粪抹的，金黄发亮，从不剥落，也没有任何臭味，很让人羡慕。

杨老五跟我们打“波”，用的是个有眼的二百文铜板。打波就是在一块砖上每人出分币，在一定距离用铜板砸，砸下来的就属于你了。

杨老五瞄准的时候从铜板的眼里看，那眼在铜板边缘。他跟我一样，是一个左撇子，以肉眼对铜眼，笨里笨气的样子，可打时百发百中。从钱眼里看世界，是否总能成事？这好像有点寓意了。

杨老五每到夏天是最遭罪的时候，他全身不能出汗，也就是说，他这一辈子，不知出汗为何物。他没有汗腺。浑身上下都是红痱子，一张舌头就那么狗似的吊着，吊一个夏天，吊死鬼一样。人家说他是狗托生。

他后来考上了兵。当兵是吃大苦流大汗的事，不知他这个兵当得难不难受。

他后来当上了连长，按规定可以不回乡，转业到了县城，也就有了城市户口。他是他们家唯一有城市户口的，因此也最有出息。

他转业到县医院，不知道他是否下决心治一治自己，现在能否出点儿汗。

## 神“波”手

神“波”手除了杨老五，就是我了。两个都是左撇子，打遍天下无敌手。不过最神的应是我。打波除了要有好的、大的铜板外，还必须有另一个工具：抓弓。抓弓是什么？就是出头家时的工具。前面画一条线，出到最前头的先打。那么抓弓就是想出哪儿便出哪儿。抓弓是什么玩意儿？也是铜板，将铜板的边垂卷，出在很远的地方，就抓住了，一动不动，故名抓弓。因此打波必备抓弓，好的抓弓是胜利的保证。而取胜的关键还要有好铜板，前面说了，大是一方面，还要黄铜的，我们叫白铜壳子，紫铜板打起来声音发哑，且难敲下砖上的份子钱。

为什么左撇子准头高呢，这个问题困扰我多年，无有答案。我小时候跟母亲一起去县城，路上无事就砸树，想砸哪棵是哪棵。我母亲和同行的妇女就说，雪平（我乳名）长大一定是当兵的料，这是夸我。我打弹弓也是很有准头，曾打下过不少麻雀。

打波赢了钱，我最喜欢的是去供销社的书柜，喜欢买书，从小我就是个书痴。柜台的另一头也是我的消费地，买白纸、毛笔、排笔、广告颜料，然后无师自通地画画。小镇找不到老师，如能找到，我可能已是一个不大不小的画家了。我在下放后给人画过宁波床，一张床要画几十张画，然后嵌进玻璃。花鸟虫鱼皆能入画，还画过不少中堂画。打波给了我一个穷孩子买画画工具的资金来源，这真要感谢少年时期的赌博。

我有两次改变命运的转机是因为画画。一次是十七岁那年下放后，上闸口电排工地，天天捶石头，用独轮车推石头，等于是苦役。在指挥部一个同学的介绍下，我帮他们画了一套漫画，这样就留在了指挥部，专办墙报、写广播稿。马上由一个民工成了能拿工资的亦工亦农人员，回家能报销路费，看病也能报销。后来我招工到水运公司，将上那种小木船当水手，也是可怜的工作。招到这种单位本来就是最差，没有门路关系才如此的。在新工人集训时，要办个墙报，我又有机会显露了一手，这样又被留在了“坡”上。由驾船上坡，没有多年的水上煎熬是难以如愿的，可我因为一门小小的特长，就如愿以偿了。看来人应该多有几番身手才行。

# 打　画

打画就是打纸烟盒，打烟标。

烟盒折成三角形，码好，打翻后归己。那时候的烟盒多是廉价的红花、大公鸡、圆球，被称为圆球棒子，硬，抽不动，好的画便是红金龙、白金龙，这都是本省名牌，而外地的，因出差到此的很少，如能弄到大重九、红炮台、大前门，就会让人羡慕，一张红炮台可换十张大公鸡甚至更多。对于小孩来说，谁拥有画多，谁就是爷们儿，书包里有一半至少是画，这就是我们引以为自豪的财富。

到垃圾堆捡画是我们的爱好。后来，我发现旅社后窗会捡到好画，多是出差人扔的，于是常去那儿。

小时的烟标去了哪儿呢，还有我们爱不释手的铜板，都散失了。好的东西就这么永远消失了，能留下的，微乎其微。就像小镇上的那些石鼓、磉凳、瓦当、兽角、大石狮，都在我们眼皮子底下不见了，还有民歌、故事、人物、风俗，都消失了。这真是令人伤怀的事。

# 杨老五的外甥

杨老五外甥家就住在我们后面。

他有胆道蛔虫，一到深夜，他就会杀猪一样地痛苦号叫，一号一夜，其状令人发指。

一到天亮，他又好了，又没事一样，平平静静地该干什么干什么，栽秧、割谷、吃饭。天一黑呢，又开始了，又狂喊乱叫。

他的家人也习惯了，也呼呼地睡觉，不管他，晓得他晚上叫叫，第二天又恢复了，只当做了一场噩梦。

他到县城看过，医生说没有办法。

哪会没有办法，只是没钱罢了。为一个小孩看病花很多钱，那是很不划算的，就让他疼去。

如此叫，小小的黄金口镇晚上半条街都听得见，家家失眠说：几条蛔虫就这么厉害，钻到胆里去了，也打不下来。

我家旁边，他家门口，就是黄金口诊所。诊所的医生也会失眠，让他叫，不会管他的，因为他们知道，杨家不会拿钱给这孩子治病。尽管这孩子除了有几条蛔虫外，一切正常。

不给孩子花钱治病的事，非常正常也非常普遍。

比如我，我的父母当然很疼爱我，但每当入夏我的双腿总会长满脓疮，有的疮烂出骨头来，也没见父母给我弄点儿消炎膏、碘酒之类的擦擦。让它烂去，让苍蝇爬满双腿。而且，诊所也就在大约十步之遥。

# 大　火

老人们说，黄金口是一把火烧光了的，不然现在要热闹十倍。

他们说的“那把火”，是指新中国成立前两年的一场火灾，将黄金口镇夷为平地。

在我记事的年月，大火依然经常光顾小镇。二十世纪五十年代的新街，一把火烧了五百多家，是黄金口人最可怕的噩梦。

河堤上张妈家，冬夜因大人不在家，小孩烤火引发大火，房子烧了，大家在现场议论的是：火灾后清理废墟，有人看见在她家的厨房里挖出了两罐洋钱，说是她男人陈矮子土改时埋下的。陈矮子在粮站工作，很有钱。

我同学刘毛坨家正月初二失火，家里的一缸糍粑都烧熟了，帮忙抢火的人最后抢累了，把这缸糍粑分吃了。

杨老五家烧了茅屋，又做起了新瓦屋。

杨老五家住我们后面。有一年，我们前面的柳驼子家也失了火。我们家当年也是茅屋，别人家失火，我们就得上自己屋脊上站着，防止别人家失火后竹子爆炸弹出的火弹引发自家燃烧。我记得我母亲在屋顶上，手拿长长的竹扫帚，如果火弹打来，就赶快扫落屋顶。茅屋盖久了，上面结一层不易着火的草盖，快速扫下火弹就能避免灾难。有时晚上老远的地方失火，各家各户也会搬梯子上房，手拿竹扫帚，准备对付火弹。火弹可以飞很远。失火的夜空，火弹四溅，壮观而恐怖。

前前后后都烧了，我们家却从没烧。

火灾多在夜间，第二天早晨起来，街巷里一层黑灰。

有一次白天，新街大火。住在老街堤上的一位妇女手端着尿罐，向失火方向礼拜。可能是以秽物（尿罐）来避邪（火灾）吧。

那火果然没有烧到老街来。

## 雷　击

湖区易遭雷击，黄金口地处湖区，因而常遭天火之灾。

靠公路汽车站的一家鲍姓小商店，晚上听见霹雳雷声，间或还有大锣小镲的声音。早晨起来，门口一根老树被雷火一劈两半，树中心现出一个蜈蚣印子。

镇上的人说，这条蜈蚣在此树中修炼了多少年多少年，现在雷公把它接上天去了。

镇旁一个生产队队长，为人阴坏，常半夜敲钟逼社员们出工，自己却溜回家睡觉。收割时遗下的谷穗不让人捡，宁愿让犁犁掉。谁下田捡了，不管是小孩还是老人都强行没收你的篮子，将其踩扁。

有一日大雷雨，此生产队队长在田界巡田，雷就紧追着他打，将他打跪下来，一步一步逼着他，最后将他打成一堆黑炭，还是跪着的姿式。雨住雷停后，乡人去看时，田界上有队长跪着移动的两条凹槽，移动了几十米远。

后来，人们就说这是报应。

# 干爹干娘

我们叫的企爷亲娘，就是干爹干娘。

我的企爷原是镇上的剃头匠，姓黄名文章。我父母是裁缝，他是剃头，同为匠人，容易亲近。

认这企爷是因为我小时的一件事。据说我小时候很调皮，有一次将一颗豌豆塞进鼻子里去了（有人回忆说是塞进耳朵里去了），怎么抠也抠不出来。于是抱到剃头的黄文章那里，他用镊耳屎的镊子将豌豆镊出来了，听说不镊出来，有性命之虞。为了感激他，便将他认了企爷。

黄文章两口儿有个女儿，是企爷前妻的，亲娘没给他生。女儿比我大，我叫她姐姐。

后来不知怎么，企爷到了乡下，在集中大队剃头。每年暑假或是寒假以及节日都要到企爷家中去，一般是父亲为我准备一包草纸包着的酥食，不是黄豆酥就是水晶糕之类。去之后，先让企爷给我剃头，剃得干干净净了就吃饭，过上一夜，企爷亲娘给我一两块钱，再走回家。

去企爷亲娘的路是河堤，沿着虎渡河堤往上游走，就到了，企爷亲娘住在河堤下，门口就是虎渡河。在荒凉寂静的河堤上行走，往往半天碰不到一个人，看河水，看鸟看田野，看草和云彩，手上拿一块土坨垃，想砸水就砸水，想砸牛屎就砸牛屎，对我来说真是一种难得的幸福。我是一个不喜欢与人打交道的人，从小腼腆，喜欢独往独来。因此每次去企爷亲娘家，对我都有一种鸟出笼马炸缰的感觉。有一年正月初二从企爷亲娘家拜年了回来，河堤上冻了牛皮凌，走几步就要滑倒，一直摔跌回黄金口，而河上清幽的水面上却漂满了野鸭。野鸭的叫声跟那时的景色混在一起，一直叫我记到如今。

企爷患有哮喘病，一到秋天就喘开了，亲娘总是很细心照料他。亲娘是一个很能干的女人，家里收拾得清清爽爽，且有三间土墙屋，比我家富多了。亲娘还能自己酿酒。她家里一个酒甑，到她家去，总是白酒飘香。那时私酿酒是犯法的事，不知他们为何敢酿。亲娘还是很能善解人意的女人。那一年我外祖母死了，我们家在黄金口没有什么亲戚，除了几个外婆母的朋友外，企爷亲娘就是最亲的亲戚了。是我去报的丧。亲娘来后，哭得昏天黑地，哭得山川为之动容。假如没有亲娘的那种哭声，外祖母的丧事办得就相当沉闷。其实我母亲不是这个外祖母所生，是抱养的，亲娘没亲生子女。哭我的外祖母，亲娘可能也是哭日后百年的自己吧。

后来我们全家下放了，为自己的生计和前途四处奔波，就再也没有心思和空闲去企爷亲娘家。企爷亲娘来黄金口赶集（当地叫赶街）也不来我们家歇脚。那时我去闸口电排当民工，民工中，发现也有一个是黄文章的干儿子。那么我们就应当是兄弟了，其实我们没打任何交道，也不亲热。这个干儿子是湖南人（公安县到处有湖南人），学木匠，对企爷比我好，经常去企爷家。企爷亲娘也是觉得我疏远了他们，要再找个感情依托——那时他们的女儿已经结婚生子了，听说与他们二老貌合神离。

只是有一次，我在镇上碰到了企爷，双方都有了些生疏，企爷问我在怎么搞，我说我已经招工，到县轮驳队，要他去县城时就去我那儿玩，他含糊了几句就走了。

从这以后，我再也没见到过企爷亲娘了。

今年回家过年，竟听说企爷来看了我母亲。我母亲说，亲娘死了，企爷也老得认不出来了，耳朵也聋了，在我母亲那儿吃了一顿饭，我母亲给了他一点儿钱。总算又联系上了。再回去，一定在武汉给企爷带个助听器回去看他。

# 纪　爹

纪爹在我们家对面，做火楠片子糕。

火楠片子糕，就是一种炕焦的面糕，非常酥脆香甜。他和他的憨儿子、媳妇，一家三口都从事此种糕的制作。他的儿子是弱智，平常一声不吭，目中无人。每天晚上二三点准时起来去磨坊磨面。磨面是戴眼罩的驴子拉磨，他便照看面粉，比如加麦子，扫磨盘，这些他能做。

磨好的面要筛，他们家用面粉量很大，所以筛不是用家常筛子，用的是箩柜。在箩柜里筛总是发出箩筛与柜子的碰撞声，声音沉重响亮，筛箩柜是纪爹的儿媳。每天大约四点钟就得筛，因此，我们家和周围数十米的邻居，四五点就被纪爹家的箩柜撞击声给弄醒了，那正是好睡的时候。奇怪的是，从来没有人给他家提意见。似乎他家这么吵人瞌睡是应该的。为了生计，人们什么都能忍耐。也因此，我从小就是在半夜的箩柜声中长大的。当然，还有那些磨面的驴子的叫声，声音凄长，荒凉。

炕火楠片子糕是纪爹一手操作。一层一层的面糕切好，放进烘笼里，烘笼是用砖砌的，里面火气逼人，因此纪爹总是满头大汗。

火楠片子糕要掌握火候，不能烤嫩，烤嫩了是白色，未熟的样子，让人不想吃；烤老了，就糊了。烤得最好的是两面黄色，特香。

一般地，是人家到他家去买，因此他没有销售的铺面，再就是让媳妇提着，四处叫卖。

为了弄书本钱，我们家几个小孩都帮纪爹卖过糕，五分钱一块，我们提成一分。卖糕的盛具是搪瓷的提碗，三层的，有提手，当年去学校带中饭的一种餐具，密封性很好。我们一般是早晨带一提碗糕去，中午休息时到学校和学校周围街上去叫卖，晚上回去给纪爹结账。未卖完的给纪爹。

纪爹有些文化，每天烤完了糕，就在门口的太阳下看书，他看的是线装书。他躺在躺椅上，他的躺椅是竹子的，竹子已经躺得发红了，一种老红色，估计那把躺椅有几十年的历史了。他喝茶不用杯子，用咪壶。

有一天晚上，纪爹就那么悄悄睡了过去，既没有病，也没有痛苦。于是，黄金口小镇上就再也见不到火楠片子糕了。甚至这种糕名也再没听说过。纪爹是唯一会做这种糕的人。

我想，火楠片子糕是否应当写为火晾片子糕?

## 纪爹的儿子

他似乎总是那个年纪，面色苍白，没有胡子，对任何人都不理不睬，嘴里无声地嘀咕着什么，没有止歇。

他的老婆倒很不错，很能干很懂事理的样子，也不知当初是如何嫁给他的。他们没有孩子，婚姻却很稳定，从没见他们闹过意见，女方也没表示过不满的。他们只是不停地做着活儿，磨面，筛箩柜，做糕、卖糕。生活因此过得殷实。

女的我们叫小欣姐，大人小孩都这么叫她。后来见她老了些，小孩们就叫她小欣姐（姐一般称父亲的妹妹，即姑姑，叫姐姐是街坊称呼）。

纪爹的这个憨儿子独往独来，穿着对襟棉袄，双手总是放在袖筒里，向虚空笑着。

某年冬天的一个早晨，他的家人起来，发现他不见了。于是四处寻找，最后在离他家不远的小湖塘边发现了他。他落进水里，因为穿着棉袄，没有沉下去。寻找的人把他捞了起来，抬回家去。一时间他们家门口就聚集了所有的邻居街坊。

他一个人半夜出去，溜进湖里没被淹死，此事甚奇；当然就吸引了许多人来围问。

当他醒来后，家人问他，他才说出了事情的原委。原来他半夜起来撒尿，见有一女人要引他去一个地方，他就跟着那人走了，那人走到湖边，直往水里走，于是他也往水里走。

他的家人告诉大家他半夜去湖里的原因后，大家才明白了，他碰上了坛子鬼，就是水鬼。

那湖塘阡陌纵横，分属几个大队，就有人传那水里有坛子鬼。说经常听得到坛子鬼踩水的声音，在坛子里说话。

这以后，我们到那片湖塘连钓鱼也不敢了。

## 柳驼子

柳驼子过去的宅地卖给了纪爹，纪爹于是将老房卖给了诊所，在柳驼子的地基上建起了两间一偏厦的瓦房。

柳驼子与纪爹是亲戚，他们在黄金口，有七八家亲戚，而这些亲戚中，许多驼子、傻子。柳驼子有个弟弟就是傻子。

听说现在的基因大战中，有人得到了呈家族倾向的哮喘基因以及其他基因，黄金口的柳驼子家和亲戚们，就有驼、傻基因。

柳驼子在裁缝社做会计，他虽然驼，鸡胸，可在孟溪乡下找了个很漂亮的女人。

不管你瞎、癞、哑、痴，只要有城镇户口，二十世纪六十年代就能找到漂亮的女人。

柳驼子在缝纫社据说有贪污行为，我母亲是个心直口快的人，曾当众揭发过他，于是，他便寻机报复。

大约是 1968 年冬，他家的茅屋失了火，半夜失火，被烧得一干二净。他因此怀疑是我父亲放的火。于是，他们联合了缝纫社另一个裁工孝某等，串通公社，将我父母抓去办学习班，采用分隔的办法逼着我父母承认放了火，但我父母死活不承认，他们又来抄家，一无所获后将我父母放了回来。

柳驼子家烧了后就再没做新房，将地基卖给了纪爹家，自己不知搬到哪儿去了。以后我没再见到他。

他没生育能力。看来他那驼背、鸡胸的基因就此失传了。

## 田　爹

黄金口只有一家做豆腐的，这就是田爹家。

田爹属金城大队，后金城大队解散，田爹家划入很好的一个生产大队新岗，就从我们家斜对面搬走了，搬到真正的乡下去了。但是田爹是我们家的老邻居，至少有二十年。

田爹的豆腐打得很好，手拿不散，吃起来嫩滑。不像如今的豆腐，全是水，一触即溃，或者豆腐里全是豆渣。田爹家豆腐当豆腐卖，豆渣当豆渣卖，绝不含糊。

吃豆腐过去是奢侈，家里来客了，就找田爹端两块豆腐煎着吃，平时就买田爹的豆渣，豆渣煮青菜，味道也不错。一般是用土炖钵煮的，咕嘟咕嘟的，放一层大蒜，近似现在的火锅。但比火锅香多了。

田爹家打豆腐，因此有一些剩渣，就喂猪。田爹家的猪总是喂得很壮。我们家一般不喂猪，家有剩饭剩菜，就喊田爹用木桶倒去喂猪。这么一年后，田爹家杀年猪，就将猪肉、猪水下煮了，香喷喷地给我们端来一大碗，以表示对我们给他家猪食的感谢。

田爹打好了豆腐，早晨四五点就得起来去市场占摊，每晨早起，这锻炼了他观测天象的本领，他知道下雨、起风、转晴的准确时间。我们每逢出门，比如，钓鱼、走亲戚或到县城，就去问田爹此行是否有雨，带不带雨伞，田爹所答十有八九与老天爷一致。

田爹是民间天气预报大师。

## 见花谢

田爹的儿子是个大高个儿，身体强壮，劳动是一把好手，但快三十岁了还是单身一个。

有人经常给他说媒，但说一个跑一个，年年有女人，年年没女人过年。

是什么原因呢，我们听大人们笑着说，他是一个“见花谢”。就是与女人同房，下身那尘根就软绵绵地提不起劲来。

我们当时不懂这些，以为他是怕女人。觉得这么人长树大个男人，怕女人，真是可怜。不知他这是一种病。

# 熊麻子一家

黄金口的老街两边都很低洼，街两旁的门面建在高坡上，比如缝纫社。在缝纫社后门下坡，就是熊麻子的家。

熊麻子也是金城大队人。这些住在镇上的乡下人，都有一技之长，熊麻子和他父亲就会掺屋——即用新稻草掺进旧茅屋顶，一层一层地掺进去，就可保至少一年不漏雨。我们叫茅匠。每到新谷登场，家家买来新稻草，就请茅匠熊麻子父子去掺。掺稻草好像有一种屋顶楼梯，一种弓子，一种木棰。

掺了别人家的屋，自己的屋顶也掺得很厚很平整，而且他们家还有公共厕所，土墙的，一男一女，没有门，若有脚步声，里面的人就咳一声，表示茅坑有人占了。缝纫社、邮电所的人都上他们家公厕，我们家也上他们家厕所。因为我们家建不起厕所。熊麻子因此多了一笔工分来源——卖粪。

熊麻子成分不好，他父亲是地主。在我们印象中，他父亲经常拿着一本书看，证明他父亲读过书，而熊麻子却没读过书。

熊麻子麻得十分难看，麻子堆着麻子，因为成分不好，总是沉默寡言。

他的父亲不知患了什么病，每到夜半就呻吟，最后疼死了。他父亲死后，他妹妹也出嫁了，婚、丧二事，在他家都是静悄悄的，没大张旗鼓——成分不好，一切只能从简了。

这以后他家就空荡荡只剩下他，再以后，他也走了，锁上大门，到四川去放蜂。

放了两年蜂，他竟从四川带回一个圆脸、肤白的漂亮女孩，女孩至少小他十岁。当年的四川女孩，几十斤粮票就可换回一个。但熊麻子肯定不会有那么多粮票，听说女孩是听了他一番神吹才跟着他出来的。都知道湖北江汉平原富，白米饭敞开吃，就这么，她跟一脸大麻子的老熊来到了湖北。

用“一朵鲜花插在牛粪上”来形容熊麻子的婚姻是很准确的。但熊麻子却不珍惜这样的婚姻。他性情暴戾，四川女孩不停地做家务，还要出工劳动，但还时常遭到熊麻子的毒打。四川女孩的哭叫声此起彼伏，但谁都不敢去管，只在背地里说熊麻子的不是，念四川女孩的命苦，怎么受了他的骗跟他结婚。说她这个样子，闭着眼睛抓一个也比熊麻子强百倍。

四川女孩后来生了个女孩，她就用从四川带来的背篓把孩子背着，用背篓背孩子，当地人没见过。她干活也把背篓背着，伛着腰，一副上山背山芋的样子。就这么，孩子背大了，她还是时常被熊麻子毒打，身上青一块、紫一块，依然背着背篓，上工、去河边洗衣。

她以后又生了一个孩子，但一点儿也没见老，依然圆脸，依然白皮肤，没一点儿皱纹。没见她四川的亲人来过这儿，也没见她回去过四川老家。唯一的那个背篓，是她作为四川人的见证。

## 曾瘸子

黄金口残疾人多。

这大抵是因为手工业兴盛，残疾人在乡下不能做农活，就跑到镇上学手艺来了。

曾瘸子学的是裁缝，他读过几天书，手艺较精，常常能把当时流行的服装做出来。黄金口一些爱赶时髦的年轻人，是都要找他做衣裳的。他做的中山服非常贴身，在涤卡面料流行的那年月，有一件笔挺的中山服就是很有脸面的事了，可想而知，曾瘸子是不愁没有活儿接的。二十世纪七十年代初，武汉知青们带来的古怪装束如靠板裤，曾瘸子一看就会了，做的不比武汉裁缝的差；因此知青们也找他做。

他是缝纫社的社长。

缝纫社属夹竹园手工业联社管，集体所有制，职工看病还可以报销70%的药费，曾经非常红火。黄金口一个小小集镇，就有缝纫职工数十人，连对河玉湖区的也宁可舍近求远，来黄金口请裁缝。黄金口裁缝个个名震遐迩。

缝纫社最红火的日子大约是1978年，“四人帮”倒台了，经济活了，缝纫社不知从哪儿承接来了大量的军队制服活，海军服、步兵服，成捆成捆的蓝色、黄色的确良面料拉来了。缝纫社人手严重欠缺，于是曾瘸子想出了点子，招一批农村孩子来学手艺，既是学手艺，他们就成了不发工钱的小工，比如说做口袋呀，衣领呀，钉扣子，绞扣眼呀，等等。于是，小小的缝纫社挤进了上百台缝纫机，每位裁工师傅都带好几个徒弟。我父亲当时就带了五六个徒弟。

这种情况大约持续了不到两年时间，在外跑业务的一位复员军人就卷走了几万元的货款，无影无踪了。这些货款是准备还贷款的。没有钱还，银行天天逼债，缝纫社一下就陷入了垮台的危机中。

这个跑业务的复员军人是曾瘸子的亲信，他请来的，有人说，曾瘸子也从中“阴”了不少钱，因为携款潜逃的逃了，没有对证，大家也只是怀疑。

银行天天逼账，曾瘸子竟撇下一屋子职工，自己跑到县机床厂学机械修理去了。

他看准了机械修理将是一门飞俏的新行当，凭着他的脑瓜子，由缝纫师傅改行为机工，没多久就将一套技术学过来了。

这时，缝纫社因无钱还贷，缝纫社的房屋就做了银行的抵押，被悉数没收了。

曾瘸子已经溜之大吉也，另有“高就”，可怜的裁缝们群龙无首，告别了这让他们花白了头发的缝纫社，挑起各自的缝纫机，回到家里。单位就这样一夜之间垮台了，不复存在了，准备老有所靠，用过去劳动的积蓄来领取退休金的老职工们，突然成了失业者。真是好不凄惶。

搞垮了缝纫社（至少与他有关的）曾瘸子，却在缝纫社旁边开了一家修理店，修任何机器，由摆弄皮尺、剪刀、划粉的裁缝，到摆弄起起子、扳手、线圈和万用表来。他一点儿也没受损失，好像成了黄金口最富的人。

多年以后，我回黄金口去，坐上面包车，卖票的竟然是他老婆，他当缝工的老婆成了售票员，而那辆新面包车，肯定就是曾瘸子家的了。

而另外一些裁缝，如我的父母，却连吃饭都成问题了，完全靠儿女们的赡养。

## 孝裁缝一家

在我的印象中，黄金口有三处古旧的深宅大院，一处是我的一位远房亲戚陈某爹的（名字我忘了），陈某爹穿长袍，咳嗽，住在黄金口的最高处，他家后坡下是铁匠铺，他家有前庭，做药铺，穿过药铺是天井，全是条石铺地，过了天井是住家。家具、摆设全是很古雅的，我们每年拜年都要穿过几间房子才能走到陈某爹的面前给他叩头。

另一栋古宅是搬运站的，有木楼，里面阴森可怖，门口是石狮，还有石鼓，夏天坐在上面很凉快。搬运站的木楼也是黄金口唯一的楼房，估计是没收的大财主家产。

还有一栋就是孝裁缝家的了。孝的老房子是他老婆的。很宽很宽的房，很高很高的房，青瓦、木廊柱，一家子住在那屋里，让许多人羡慕死。

孝裁缝和他经常头疼的老婆也是缝纫社职工。孝的老婆出生于大户人家，但其父的房宅在新中国成立时为何没被政府收归国有，是个说不清的问题。反正他们临街的那栋房子是很让他们得意扬扬的。那时黄金口的居民大多挤在窄小的茅草屋里，而他们家的房子可以开一个旅社。

孝的老婆患有偏头痛，一年四季头上缠着毛巾，不缠就疼。他老婆也是个神经质的女人，对她生养的四个孩子非打即骂。她因为有病，不做事，比如烧火、洗衣，这事全归她的大儿子做。她的大儿子好像是姓古，跟自己的外祖父或者外祖母姓。不知为何，黄金口许多男孩都跟外婆家姓，一家总有几个姓氏，比如说曾瘸子的大儿子既不姓曾，也不姓母姓代，而是姓佃，一个奇怪的姓。比如我自己，也是跟母亲姓。

姓古的这个孝家长子是一个可怜的人物，每天做饭、洗衣，每天都要遭到母亲揪耳朵和下跪及打脑袋的惩罚。每天经过他们家，都听见古小子遭母亲虐待的惨哭声。

这个会做饭的小伙子，出来与我们玩耍时，总留一些青紫伤痕。

他叫什么松，跟我同一个字。

在缝纫社，孝裁缝是最牛皮的一个人，他们家在黄金口乡下有许多亲戚，因此谁都不怕。这个姓孝的技术也不错，后来成了业务员，到处为缝纫社拉活儿做。在诬陷我父亲为放火犯的事件中，孝裁缝是一个马前卒。我父亲怀疑他是贼喊捉贼，因此得罪了他。我父亲是个外乡人，在此地举目无亲，孝便肆无忌惮地欺辱我的父亲。有一次，他带了几个打手一样的乡下亲戚，到我家里来示威，吓得我父亲只好躲到外面几天不敢回家。我至今都不清楚他为何弄那些人来，若论打架，他一个人也就够了，我们兄弟当时还是小孩，都不是他的对手。

记得他在我家示威后，我和我姐姐跑去求援。因没有亲戚，只求来了我害哮喘的干爹和另我外祖母有交情的秀婆的男人。他们来后，除了安慰我们并陪我们坐了一夜。如果真打起来，我想他们也不会全力以赴。

后来，孝裁缝一家也下放了。他们的老宅卖给了黄金口诊所，在里面做了门诊、中药房、西药房、注射室和妇产科。

后来，我和孝的儿子古什么松的都招工到县城，过去两家的恩怨一笔勾销，我与古什么松的成了好朋友。

他在邮电局当邮递员，那是个苦差事，他跑乡邮，在城郊的占桥公社，一天据他说要来回骑五六十里路，将每份报纸送到每个生产队。生产队与生产队之间相隔遥远，且乡路糟糕透顶，遇上雨天就更可怜了。因此，他也学会了偷懒，常常是两三天送一回，报纸积多了，就塞到床底下，过年时让别人拿去糊墙。报纸这东西，送与没送无从查起，不须签字的。据他说，这是对领导的报复。

我那时经常到他宿舍去玩，也正是在他那儿，才看到了一些从未看见过的杂志，如《作品》《中国青年》《萌芽》等。拿来看两天，再还给他，他再送到订户手里，迟个几天，订户不知道。印象最深的是《作品》中孔捷生的《在小河那边》，这小说是当时轰动一时的作品。

有一次我看见他钥匙掉了，竟用一张塑料饭票就把门捅开了，这种高超的开门技巧，可能他不会去作他用，他是个老实人，比他父亲孝裁缝老实。

他还给我许多红茶菌菌种，有半年时间，我喝的红茶菌，都是源于他宿舍的那个大玻璃缸。

在当时的县城，他是个颇有名气的红茶菌研制专家。

# 脑膜炎与血吸虫

“文化大革命”的时候，稀奇古怪的疾病也大肆横行。

脑膜炎为其一种。这病黄金口的人过去闻所未闻，但那一年就流行开了。刚开始只听说某生产队某某与某某，后脑壳疼，几日内就死了，救都救不活。也听说有救活的，弄到县医院去抢救，活过来了，人却痴呆了。后来许多痴呆的人，都是“脑膜炎后遗症”。

如果某病成风，到处传染，我们那儿便叫“走瘟”。

患脑膜炎就是走人瘟。

当时镇上就发动了，主要是吃一种丸子，用一种药水漱口。对凡是到镇上来的人，几个路口都设卡，除了背诵语录外，必须先用药水漱口。然后吃丸子，才能到镇上来。出镇的人也一样。

每天都有关于脑膜炎死人的消息，所以镇上的人都惶恐得不行，诊所里述头痛的人挤破了门槛，好像每个人都有那么点后脑勺儿疼，都有点脑膜炎症状。

脑膜炎流行一段时间差不多被人淡忘之后，便是血吸虫了。

公安县是水乡，血吸虫窝子，如毛主席说的，“千村薜荔人遗矢，万户萧肃鬼唱歌”之处。在我家周围，就到处都是湖塘，吃水翻过堤去虎渡河挑，但淘米洗菜洗衣，则是水塘边了，到处都有钉螺，焉有不感染之理。仅我家就有我父亲、弟弟、姐姐及我感染上了血吸虫（我姐姐竟是以后十多年即二十世纪九十年代中期才查出来的）。

血吸虫称为日本血吸虫，听说是日本鬼子留下来害中国人的。其实不然，在江陵挖掘出的古尸腹中，发现了血吸虫卵，这已是两千多年前的事了。

为了大力消灭血吸虫，黄金口镇办了个很大的治疗血吸虫的临时医院，借用的是分洪区的蓄洪房子（反正空着，让牛羊歇雨，路人排泄），父亲到那儿诊疗，一床被子，一床垫絮，一排排的通铺是用砖头码成的，就成了住院部。所谓住院，也就是一日三顿喝什么药，打针，打的是“锑剂”（音）。

这药副作用很大，对肝有相当损伤。以后不用了，看医学书知，现在使用的是吡喹酮，用它取代了 7505（硝硫氰胺）。7505 现主要治耕牛血吸虫。7505 是不是“锑剂”，不得而知。

而其他的人则是群防群治，喝一种柳叶汤。那时候，镇上的所有人都得去打柳叶，然后交给诊所。因此那一年凡镇上的柳树都光秃秃的，被人捋得精光，可怜之至。柳叶被诊所的人用大锅煮，煮后盛在几口大缸中，每天早晨，每家每户派一个人去领柳叶汤，用壶的、用盆的、用木桶的，每天一人三碗，有病治病，无病防病。

柳叶汤极苦，极苦的东西才能杀死病菌，这发明也不知是谁，让全镇、全县甚至全地区苦了一回。小镇上空，每日弥漫着柳叶汤的气味，世界真是病了。

## 深挖洞、广积粮

挖防空洞好像在最新指示“深挖洞、广积粮，不称霸”之前就开始了。

1966年、1967年，黄金口小镇和全国一样，笼罩在第三次世界大战即将爆发的阴影之中，听说美国也要进攻我们，苏联也要进攻我们，且是用核武器。听说美国和苏联的核武器可以打到中国的任何一个地方。

黄金口没有山，多是松软的土质，连高一点儿的丘陵都没有，只有搬运站后面与渊坑（黄金口又一个居民区）的交接处有一长条高坡，这高坡非自然形成，原是一条几百年前废弃的河堤。河堤很宽，成了如今的街道，在背街处，就成了一长溜儿坎坡。镇上的领导为了完成挖防空洞的任务，终于找到了这条坎坡。

在这条坡上挖四五个小洞。名曰挖洞，实则是挖灶膛，把顶也挖了，露出天空，然后就用木料铺了，再在上面垫土。这样的防空洞，甭说是防原子弹，就是防炮弹，也是万万不能的。

在搞防空演习的那天，镇上就通知了，防空警报时敲锣。敲锣的是“瓮鼻子”，他的锣声很急，声音也急迫。大家听到锣声和喊声后便一起往“防空洞”跑，整个小镇的人就挤在几个小洞里，挤不下的就趴在坡上了。当然喽，一些脚腿不便的老年人是不会参加演习的，但也都关上了门，以示坚壁清野。

这防空洞以后就成了小孩子们捉迷藏的好去处。但好景不长，以后这洞里就东一摊西一摊屎尿了，臭气熏天，也没人敢去了。

再以后，几场雨一下，洞就坍塌了。

小镇上“广积粮”的粮库正在我家屋后不远，两个圆形的粮库，全用石头砌成，炸弹是炸不穿的，至少可以储藏数万吨粮食。

不过在以后的日子里，这两个粮库一直没有一粒粮食，里面除了蹦蹦跳跳的麻雀就是野风。而且那个地方太荒凉寂静，狗尾草及野蒿一人多深，狐奔狗窜，一入夜便鬼火莹莹。

再以后那粮库的门就开了，里面成了排泄之地，也有一两个脏兮兮的神经病人、乞丐以此为安居之地。再以后呢，粮库就拆除了。给我印象较深的是，那粮库上写下的红漆大字“深挖洞广积粮不称霸”，字是宋体，小镇上一个“右派”搭梯子写的，我没事爱琢磨这九个大字的写法，尤其喜欢他把撇写成雀形，把捺写成刀形，以后我学会了写美术字，也这样写，完全是模仿此人的。粮库一没，字也就没了。

以后这粮库的记忆成全我写了一个中篇小说《旧歌的骸骨》，里面有个人物因饥饿去偷粮，关在里面出不来，活活干渴胀死在粮库里。

# 岳　某

岳某生得人长树大，一副钓鱼竿身材，从他的做派来看，是个有文化的人，虽然家在黄金口乡下修补地球。

事实上，他的确是一个有文化的人，而且文化还很高。他是早年的高中生，那时候读高中的人如凤毛麟角，还是上地区的高中，这样的高中生，相当于现在人眼里的硕士生甚至博士生，总之，读了那么多的书，是很受人尊敬的。然而，岳某却连在大队小学教书的资格也没有，原因么，很简单，成分不好。

他究竟是什么成分，只怕是很难划的，他不过是个土匪的小老婆的儿子，那么土匪算什么成分呢？小老婆又叫什么成分？

他的那个土匪父亲在黄金口是很有名的，这土匪专干杀人越货的勾当，黄金口与县城之间有个金猫口，金猫口就是刘备夫人——孙夫人所居住的地方，古有“孙夫人城”，因传说她有一只金猫，地名就叫了金猫口。

岳某的母亲据说年轻时非常漂亮，不漂亮当不了土匪的小老婆。后来岳某的母亲也人老珠黄了，天天在生产队劳动，其丈夫在新中国成立时吃了枪子，毙了。

岳某在生产队是个瓦匠，有人家做屋则请他去。我们家做瓦房时请了他。因我那时喜欢读书，写点儿小东西，虽然年少，自称是作家的他便与我做了忘年交。

岳某说他在荆州读高中时发过一些作品，还有个笔名“西啼”，直到后来发现二十世纪三十年代也有个作家叫西啼，才没叫这名字了。

岳某家里果然不同一般农家，他有些闻所未闻的书，那时我能借到《红岩》《野火春风斗古城》《青春之歌》就不错，他家里竟然有《三曹诗选》。

他借给我《三曹诗选》时，我第一次得知曹操竟能写诗还是个不错的诗人。得知曹植、曹丕兄弟俩文笔不错却关系不好，第一次读了《红灯记》鸠山说的颓废主义的人生观如“人生几何，对酒当歌”竟是出自曹操之口，知道了七步诗；豆梗煮豆子的相煎何急的道理。然后，岳某就背诵：“对酒当歌，人生几何，譬如朝露，去日苦多……”

岳某那一大把年纪了，却没娶媳妇，有这么高的文化还有一门瓦匠手艺，也没女人爱他，都因为他是大土匪的儿子。他家除了一些书外，别无他物。我去他家时，他母亲对我彬彬有礼，要我坐，给我倒茶，这个农民老妇，一点儿也看不出当年的美貌，跟一般的老人没有区别。

岳某好酒，因为做瓦匠，吃酒的机会不少。有一次我去找他借书，他正在一家屋里喝酒，是给人垒了墙之后的必吃餐。我去时他喝得很多了，正滔滔不绝地吹嘘他过去在荆州读高中时的荣耀，什么女同学，什么诗与小说。他的舌头看着看着就短了，就硬了。他喝着酒，要我读什么什么书，要我写什么什么内容的小说，说着说着就溜到桌子底下去了。

几个人把他从桌底拖出来，他还说没醉。我架他回去时天已经黑了，走在台河堤上，高一脚低一脚，他浑身没劲，骨头像散了似的，我搀他搀出一头老汗。见他在低迷的月光里吐着酒气，连连摇头叹息。

# 李什么波

李什么波与岳某同属于新岗大队。他天生有喜剧细胞，性格活跃，会扮鬼脸，说笑话，肢体语言丰富。演样板戏的那会儿，他能演杨子荣和座山雕，但主要是演座山雕，演栾平，演刁德一，《龙江颂》里演黄国忠。演黄国忠时他已经调到了县文工团。

在去文工团之前，他在闸口电排站工地的毛泽东思想文艺宣传队。我那时高中毕业下乡也去了当时县里最大的水利工地闸口电排站，在指挥部政工组，我们编节目，他们演。节目多是宣传闸口电排建成后对“建设大寨县”的好处。李什么波的湖北慢板和湖北评书都说得很好。湖北慢板和湖北评书是用武汉话表演的，他没有在武汉生活过，却可以说一口武汉话，原因是他与武汉知青们交往很多，又善于模仿。他在评书中模仿火车的声音、鸟鸣、婴儿的啼哭，都惟妙惟肖，让人捧腹。过不了多久，就被县文工团调去了。被文工团调去，就意味着他成了城里人，由农村户口变为了城市户口，这完全凭着他自己的才能。在当时，这是很了不得的一件事。

在县城，他立马就成了名人。他这个丑角在剧团是第一丑了，一出大戏如果没有他出场，是不热闹的，也没多少人看，有了他，满场笑声。可以说，他就是县文工团的票房保证。可不知怎么，他在人生最得意之时，却离开了文工团，不声不响地回到了黄金口乡下。有说是被开除的，因为他有作风问题。文工团本来就是风月场，男女之间风流韵事不少，他不知怎的撞在了枪口上。我记得他的女人是一个大队的，过去在一个宣传队，曾是少剑波和郭建光的女友，长得不错。

我后来到了县文化馆，每年的春节要搞全县会演，我们就分到各区镇去抓节目。我分到了荆江区（现夹竹园镇）文化站，黄金口公社（现为乡）属该区。自然，李兄又被抽调来了。有了他，不愁拿不到奖。搞会演由队里记工，还有补助，而且每天都是由文化站提供的羊肉芫荽火锅加烧酒，为了替老家区里争一口气，我也写了几个节目，全由李兄演。可以想见，在业余会演中，作为曾是专业演员的李什么波兄，那是大出风头，有表演唱，有哑剧，拿了一、二等奖达三个。记忆犹新的是我编我导的哑剧《进城》，表现一个有了钱的农民进城来买衣裳，买牛仔裤穿不进去，又买西服领带，西服袖子太长，打领带时，系得太紧，系成了吊死鬼模样；买鞋，又买小了，穿得紧巴巴的，洋相百出，让人笑破肚皮。当时流行卓别林，李兄就用了一些卓别林的动作。李兄重回过去出尽风头的县城舞台，没有一丝阴影，没有一点儿怯台，依然光彩照人，以天生的幽默征服了过去的观众。

这位李兄就算现在是农民，我想也不会过得很次的，他有生活的能耐，不悲观，人又灵活，也算得那个时代的一个人物了。

## 五　雀

五雀不叫五雀，是我现在给他起的名字，因为我在一个小说《羵羊》中写到他，让他叫了五雀。他究竟叫什么，想不起来了。

五雀是一个特殊的人，五雀在黄金口不过是一只候鸟而已，人们很少看见他，如果看见他，则表明他刚刚被公安局遣送回来。

五雀是跟公安局打过交道最多的人，他是个小孩，那时不过十来岁，走路有点打横，流鼻涕，手脚全皴了，不是一般的皴，像树皮一样，穿着一双臭力士鞋。他来去匆匆，被公安局遣送回来，你今天看到他，明天他说不定就又走了，公安局拿他没任何办法。

他去了哪儿呢？他去广东，要偷渡到香港地区。

这么小的孩子，当时的许多大人都不知广东往哪儿走，怎么坐车，他身无分文，却把广东走熟了，且多次偷渡去香港，有几次还成功了。

他的父亲是个木匠，他们家是湖南人。他没母亲，可能是死了或者改嫁了。这个木匠父亲管不住这个儿子，不知哪一年他去流浪，后来就流浪成性了。人跟兽一样，都走熟路。虽然公安局遣送，虽然他父亲曾走遍中国去寻找这个宝贝儿子，但无法把他的心收回来。

他懂得的事比所有黄金口的人都多，大家对他肃然起敬。

这个叫花子，这个小流浪儿，的确在黄金口人的眼中是一个神秘的尤物。

## 周老师

我做的最糊涂的一件事是批判周老师，且是批判他让我们补午觉。这是一桩笑话。如果现在这么批判肯定会让人笑掉大牙，然而当时批判周老师补我们午觉时，个个还义愤填膺呢。

周老师个子很矮，成分不好。似乎只有成分不好的人才有文化，才能读书。周老师对我们都很好，书也教得好，不过他的确有毛病，爱体罚学生。他的拿手好戏是用右手罩住你的头，让你转上几圈，正天旋地转不辨东西时，他一掌一推，你就跌出了教室门。

周老师对我并没有这么体罚过，因为我基本听话，学习成绩又好，很得他喜欢。

周老师的体罚现在想起来是爱学生，比如学校规定不准玩水，小学生们大都不会游泳，玩水凶多吉少，即使会游泳，也不会自救。中午上学，天气太热，我们总会找一处水沟或小河去泡上半个时辰，周老师有一种很巧的对付我们的办法，中午上学来，一个一个站着进教室，他用指甲往你的光腿上一划，划出一道白迹，你就是玩水了，若没有，就是清白的。只要划出白迹，他定用手罩你头旋你正反几圈，然后推出门外，摔得你嘴啃泥。

后来他的这一招被我们降伏了，我们发明了用沙子搓腿的办法，玩了水上岸，等腿干后，用细沙搓一遍腿，怎么划也划不出白迹来了。

另一个就是午睡，学生午睡，一个睡桌子，一人睡板凳，轮流来。桌子也短，但比睡板凳好一些，睡板凳，因为太窄，一不留神就掉下地，有人一个小时午睡，掉三四次。加上教室又凉，当风，夜蚊又多，睡比不睡更难受。

于是，大家午睡时总爱说话，玩东西，假装睡着，对付老师。周老师是从不午睡的，有竹躺椅也不睡，总是端着一支烟监视我们，看谁说话，不睡，他在教室里走来走去，你就是装睡也难逃他的慧眼。

凡午睡没安稳的，记下来，放晚学后补半个小时午睡。

放学了，大家都要回去，有的家住很远，七八里地，有的回家要割猪草，烧饭，有的想去跳跳“房子”。而且一律肚里空空，眼看夕阳西下，暮色四起，还得让你睡上半个小时，而且还要非睡着不可。这的确太损人了。

其实他对学生的某些体罚，真是用心良苦。就在那一年，我们班有个叫陈志春的学生，不会水，与另两个会水的外班学生中午去台河对岸的菜园里偷黄瓜，那两个会水的学生将他用手抬着，抬到河心，抬不动了，放了手，陈志春就沉入河中死了。

学校在 1966 年“停课闹革命”，周老师也回到了乡下。

记得有一次我在镇上碰到他，他戴一顶大草帽，把人压得更矮更小，他吃着烟，脸晒得黑黑的，很瘦，估计是来镇上为生产队卖粮。他同我打招呼，我给他点了下头就飞快跑了。我无端地有些不好意思，因为批斗过他，并且无中生有说他罚过我补午睡。再则，他是个地主子弟，回乡劳动的“臭老九”，我们是不屑与这些人说话的。

周老师以后再也没有教书。

## 另一个周老师

这个周老师也是个矮周老师。

那时候黄金口小学撤了，改成卫东中学，许多校舍好像也破烂了，由小学改中学，也就是一个初中，四五个班，我们便是此学校的第一批初中生。

升了初中的暑假，还没开学，我们几个同学在学校打乒乓球，几个小孩一起，说话语言粗秽，这时一个背着手的陌生男人就出现在我们面前，他咬着牙，点着我们的鼻子，狠狠地批评我们说话肮脏，其中特别多教训了我一会儿。这个说话咬牙，似乎对谁都有刻骨仇恨的爱管闲事的人，没想到一开学便成了我们班主任，语文老师，真是冤家路窄。

这老师有些文学手段，讲课吸引人，有时候讲得慷慨激昂，特别讲鲁迅的文章时，整个儿自己就变成了鲁迅，加之他有咬牙切齿的习惯，面对的似乎就是梁实秋、成仿吾了。

人说有什么样的老师就有什么样的学生，名师出高徒。在他的手上学“尴尬”两个字，他念成了“抢盖”。在以后的十年时间里，我们都将这两个字读成“抢盖”，现在想起来的确有些“抢盖”。但是谁敢怀疑学富五车的老师会念白字呢？

不过，以后在大学里，堂堂武大的教授、讲师们，也有会念白字的时候，有位老教授把“瞠目结舌”念成“堂目结舌”，也实在是“堂目结舌”，奇怪的是，他念了这多年，教了这多大学生，都没一个去帮助老师或同事纠正过来的。另一位教外国文学的老师把“诅咒”念成了“区咒”，好在那堂课上，有人给指出了。

我本人也有过这种时刻，把“白皙”念成“白折”，把“聒噪”念成“恬噪”，直到有一天被两位小姐纠正过来。

这位周老师在我参加工作去县城后找过我，那时我已经发表了一些作品，在县里有点名气，周老师在找我时拿着一些诗稿，诗稿是现在他的学生写的，说是要我指教，要我找个地方帮忙发表。我“指教”了一下，也没能给他找到地方。

## 黄金口小学

黄金口小学是一所四面有青砖围墙，校舍严谨，全为封斗墙青瓦的老学校。

它在新中国成立前就有了，是一所县立小学。我后来在县志上查找了一下，在 1937 年，此学校就建成了，为县立第四初级小学。我们读书时的校舍，就是过去的老宅了。

黄金口小学的墙是封斗墙，即用较薄的青砖，砌成米斗形状，往里填土，于是这土与砖年代久远了便让风霜剥落，老鼠打洞，砖一破，一个一个的砖斗成了老鼠的天堂。还有麻雀，也来衔草做窝。

有了老鼠、麻雀，就有了蛇。蛇是在屋梁上生活的一种旱蛇，为便于在房梁上爬行，这蛇应了“适者生存”的理，生得都很小巧，有尺把长，全身漆黑。我们在上课时经常看到它们在墙顶爬动，很是恐怖。据说这种黑蛇有剧毒，但从没听说谁被咬过。

学校为环廊校舍，下雨后沿着环廊可以到任何一间教室而不湿鞋，设计得非常方便，犹如古时的衙门或者庙宇，确有古风。

学校的后院是一片荒芜的野地，常长着杂草。每当下课，学生们特别是我们这些淘气的男孩总爱到那里面去玩，主要是翻“太阳针”和斗车前草。太阳针有很粗的茎，可以翻出各种花样来。至于斗车前草，就是看谁的草有韧性、结实，将草梗两相套着，各人的草各人拉，拉断了对方的草，即算赢了。

也有一些调皮的学生每当这时就去用手弄一种叫“野毛烧”草的花粉，手捏了一点儿，悄悄丢进人的后颈里，立马这人的背上便痒了起来，越痒越抓，越抓越痒。一整天你便听不好课了，回家洗澡方解了这痒药。

这小学是没有专门的老师宿舍的，老师的宿舍分班而造，比方说这老师教此班，此班教室黑板的旁边，就有一个门，进去就是老师的半间卧室。教室的大门也就是老师宿舍的大门。这可能与旧时师生的关系有关，老师可以随时监视学生，犹如读私塾的情调。

这房子老了，就出现一些稀奇事，各种与老宅相关的精灵都会出入其间，让人对这些房子总是恐怖万端。

说到有一个鲁老师，女的，生得白白净净，一只眼有点斜。教我们语文的。那是我读二年级时，一天鲁老师上了一半课让我们自习，就进了自己的宿舍。一推门进去，没有五秒钟，便尖叫着从里屋跑出来，大喊“有人！有人！”，她没喊有鬼，是记住了自己教师的身份。

她自己把门带住了给我们上课，这宿舍只一个门，哪会有人能进去？只见她脸色煞白，斜眼更斜，全是白不见黑了，跑出教室，还在大喊“有人”。

我们那时还小，知道她那“有人”的真正含义。我说了黄金口时常被关于鬼魂的传闻包围着，这个地处神秘纬度北纬 30° 的小镇，总是有很多鬼魂四处奔走，莫非这纬度是神秘鬼魂的聚居地?

她这一喊，所有的学生先是怔惑，再就是争先恐后地往教室外面跑。

鲁老师喊过之后，就来了两个男老师，男老师火气大，据说不怕鬼的，据鲁老师描述，她进房去的时候，抬头看到有一个老妇人，正披头散发在她的房里梳头，她说是千真万确的。

两个男老师各操一根木棍，先是从走廊外的窗户往里瞧。那窗户狭小，里面又无灯，光线暗淡，男老师看不出个所以然来，说里面啥也没有。然后俩男老师就结伴而行，进了教室，再进那个宿舍门，推门进去就大吼一声，仔仔细细地搜索了一遍，连床底下也瞧了，没见着鲁老师所说的那个梳头的老妇人。算是虚惊一场。

不过那一天我们的课就停下了，鲁老师赶快找了另一间宿舍搬了家。那间宿舍以至空了好长一段时间不敢住人。很久以后，一个新调来的男老师住了进去。他完全不知道这房里闹鬼的事，不知便不怕。他住进去后，没再闹鬼。

黄金口小学听说是建在一片乱葬岗子上的。的确，要腾出这大块地建学校，是很不容易的，大多的校舍都选在乱葬岗里建。如以后公安的“梅园中学”，也是建在坟堆里，也是屡屡闹鬼。这是题外话了。

后来黄金口小学就改成了“卫东中学”，主要是初中部。这所中学已远不如过去小学那么火红，老师也没有过去优秀。

再过了几年我参加工作去看时，那学校的老屋全都拆了，没了围墙，新建了几栋生产队队屋似的校舍，没一点儿学校的味道了。而过去的一切，“野毛烧”、鬼、黑蛇，都无影无踪了，像没发生过一样，因了房子，把过去的记忆一把给抹去了。只有那些老房子，才真正能触景生情哪!

# 蓄洪屋

有了荆江分洪区，便有了蓄洪屋。一排一排的红砖红瓦房，虽然墙砌了，没粉刷，门缝与窗户的间隙大得可以钻进一条狗，但这房子却煞是气派。一是它多，多了就很显气氛；二是在大都住茅屋的年月，这政府修建的蓄洪房子，简直是太豪华了。

蓄洪屋建在安全区，黄金口就是安全区。在安全区的四围堤垸外，则是分洪区。洪水一来，分洪区的农民就只好进安全区了。

没有蓄过洪，但年年喊“今年要蓄洪了”。有一年很有点要蓄洪的意思，雨大，水大，听说炸堤的部队都来了，头上还有直升飞机低低飞。分洪指挥部的就来划房子了。某某大队某某小队某某一家，这二十来平方米一间的屋子，通常划两家——两家在分洪后合用一间。谁与谁合用，名字都写好了，用粉笔写在大门上。大家一看开始画名字分房了，想今年分洪无疑。

分洪都是猜测，上面从来不告诉你实情，分还是不分，上面一句话，在他们心里装着，老百姓是没权利知道的，因此每年夏季对于分洪区的人来说，真是度日如年，人心惶惶。

那一年划了房子，洪水还是没来。

一直到如今，分洪区都没分过洪。只是在 1954 年分过一次，但这蓄洪屋，却是 1954 年以后建的。

没有分洪，这一排排的房子依然锁着，依然野草连绵，獾走鼠窜。也有不锁的，就让大门敞开，有乞丐、流浪汉，便做了卧室，其他的让人拉屎拉尿。

也有过其他用处。

在1966年时，这一排房子收拾了下成了“牛鬼蛇神”的学习班。1970年前后又成了一所“公安县共产主义劳动大学”。一位从朝鲜战场回来的特级残废军人，带着一家子就住在蓄洪屋里。一个丈夫在台湾岛的女人带着两个孩子也租住在这里。

在离这些人很远的一排蓄洪屋里，住着一个叫“道人”的老头，我们都把他喊“道人”。他孤独一人，说外乡话。他的个头很高，穿很宽大的裤子，说话尖声尖气。为何叫他“道人”呢？据说这老头裆里没男人的尘根，从小割了的。

我们每天上学、放学都要经过他那儿。有人很想去摸摸，他裆里究竟是不是别人说的那样。有个调皮家伙那天就从他后面迅速出手摸了一把，等“道人”发现，调皮的家伙早就跑了，“道人”追了两步知道追不上，就站住骂人，用外乡话骂的，谁都听不懂。摸了的那同学便告诉我们：他裆里果然什么都没有，跟女人一样。

## 盖　浇

发大水的六月，河的上游总会漂来一些东西，如木材、树（连根拔起的）、桌椅板凳、鼓胀的牛（四肢朝天）、死人（男的俯着、女的仰着），整座整座的茅屋顶，没有散架的“穿架子”。“穿架子”为长江上游的建筑，全用大木料穿榫的房屋骨架。如果有这些漂浮而来，大人就叹着气说：“山上盖浇了。”

“山上”指的是四川。因为虎渡河的水是川水，注入洞庭湖。

“盖浇”就是被水冲了，洗了，山洪暴发，人禽、房舍无存，真正的一场浩劫。

这些上游“盖浇”的东西，在一河大水中又速速地向下游流去。而这时捞浮财的也出动了，拣好木头捞，好家具捞，也捞死人身上的金银。还有捞“漂木”的，漂木是上游打散的木排。虎渡河流域为平原，木料奇缺。有人因此捞浮财而发了大财。但这得有条件，一是水性好；二是得有船。这两样都没有的，也会碰上在某个河边小湾处，停滞了两筒好松木，截住了捞上岸，一房的新家具就打成了，家里漆光闪闪，高桌子低板凳，贫穷人家一夜之间就大变样。

# 上海夫妻

上海夫妻住在靠渡口的河坎边，离河坎只一步之遥。这儿是不适合做房子的，河坎年年在崩垮，哪一天说不定就会将他们的房屋垮了去。但他们的房子委实很小，在不适合建房的别人屋旁，搭了一间屋，宽不过三米，硬是在这河坎边站稳了。

涨水的时候，上海夫妻的小屋就会淹进水里去，屋里进水至少两尺深，便只好搬上堤，借住别人家一两个月，等水退了再搬回去。

他们家是近水小屋先得水。河堤街是个斜坡，慢慢斜向渡口，涨大水时一条街都得淹，上海夫妻住得最低，当然被淹得最深了。

不过不涨大水，他们那儿便是天堂，在最燠热无风的夜晚，他们也会全身无汗，安然入眠，还没有可恼的夜蚊子。河风总是凉爽的，无风河上也有风，称之为“水面风”。这大自然送来的凉夏，真使他们悠然无比，因此这一对夫妻总是心平气和的，在太阳落山之后，搬出一个自制的小桌子来，两口子面对面坐着，镶着金牙的女人给丈夫端来稀饭、酱菜、腌黄瓜、馒头，碗边搁一个咸鸭蛋，一杯小酒。男人便有滋有味地喝起酒来。那咸鸭蛋敲个洞，用筷子在里头挑着吃，一口小酒挖一点儿鸭蛋，蛋青也好，蛋黄也好，吃得朗朗上口，不紧不慢，河风吹来，好不自在。

这一对上海夫妻没有孩子，怎么定居在黄金口，好像都不太清楚。男人似乎没有工作，女人也没有。但他们的伙食却不赖。男的有些病，女的很能干，经常做点儿小工，如帮粮站补麻袋，给收购门市部压布筋包、硝牛皮，等等。

在黄金口，这是最闲散的一对夫妻，住在水边，从不与人争吵，也不在家争吵，真是水的性子。

## 邹银匠

邹银匠也住在水边。他不是在渡口这条街上，离渡口还很远，他的邻居一边是摆渡的叶癞子，一边是一家姓仝的（这姓很少）。与他们斜对着的，便是公安轮驳队的一只趸船，专门停靠客轮的。这个趸船码头也很热闹。

邹银匠有银匠铺在老街，也就是“益阳街”。

邹银匠是个面色苍白，一动不动的人。打制银器是个磨性子的活儿，锤子也好，秤也好，都小巧玲珑，简直不像男人用的器物。

他的银匠铺是跟修理自行车、板车和白铁加工铺在一起的。那是个大排门，有高高的石阶，里面却乌七八糟。堆着各种各样的钢圈、钢丝、花毂、白铁壶、桶以及钳工台子，里面敲打白铁的声音异常响亮刺耳，靠里的一个小屋里，邹银匠的工作台便挤在那儿。

他的工作台也很糟糕，那桌子很大，但矮，桌子表面坑坑洼洼的，各种抽屉也破破烂烂，估计这桌子也有几十年了。桌上堆着小铁砧、锤子、销银时放银子的砖头和树蔸，那砖与蔸都烧得残缺不堪了。

他销银的火器是一个打气煤油灯，火烧燃后，用一个吹火的长管子吹那火熔销银子，当然也有金子。他吹火的技巧真是高超，一口气可以吹个十分钟，两个腮帮子就那么鼓着。看起来他没换气，其实他是边吹边换了，但外人根本看不出来。

这银器有镯子、钗子、项圈，镯子又分手镯和脚镯。往往是用旧的来重新加工，也有不少是用家藏的银圆或挖地挖出的银圆来打制的。

镯子有响铃，项圈也有响铃，这项圈与长命锁一起佩戴，主要是让男孩子佩戴。我们那儿，男孩子一岁时便戴上项圈与长命锁了。而镯子，不论手镯与脚镯，大都是属于女孩的。

不管男孩女孩，邹银匠的生意却出奇的好。因此他总是一天到晚鼓着腮帮子吹火，一天到晚敲敲打打，磨磨锉锉。他锉下的银粉（或金粉）被接到一个抽屉里。如果他多锉几锉子，人家的银器就会少了分量。因此许多乡下人都是站在他桌前看他把东西制好，自始至终不离左右，以防他在银器中加入了别的金属和瞎锉。但相信他的也大有人在。拿去的银子是多少，打制好的成品还是多少，用他的袖珍秤一称，不会少的。没见到有人找他扯皮，说黑了人家的银两。那秤的刻度非常仔细，用肉眼要看半天才能分清秤星。

银子在当年并不值钱，我在河边曾扒出过一个脚镯子，找邹银匠去换钱，邹银匠给了我三角钱。这三角钱大约买得到三斤拃长的鲫鱼。

邹银匠有个儿子，那儿子生下来是个豁嘴，据说是他老婆怀孕时，在门槛上劈了柴火的。这豁嘴到七八岁时，去县城医院做了手术，给缝上了。

缝上了还是看得到一条痕迹。

邹银匠这手艺在黄金口虽然是独一无二，生意也不错，但凭他一个人养活一大家人，还是不简单的。他除了有个豁嘴儿子外，还有几个女儿，老婆也不工作，都张着嘴找他讨吃喝。因此，邹银匠就想办法吃一些别人不吃的东西，比如猫肉。

猫肉听说是酸的，跟老鼠肉一样。哪家猫死了，都是放在一些树丫上让其烂掉。为何放在树丫上而不是埋在土里，这道理我如今还不清楚。可能某一次邹银匠从哪个树丫上取下了刚死的猫剥来吃了，吃出名声了，以后镇上哪家死了猫，就会来通知邹银匠，或者给他提去，他也不推辞，剥了便煮着吃，吃不完的，就腌了，晒干。他家的房梁上，一年四季都有腊制的猫肉，一条条倒吊在堂屋里，显得十分殷实。在最饥饿的年月，他的嘴也是油津津的。

后来他还吃鼠肉，当然是大田鼠，剥了，腌了，一条条倒吊在堂屋里，那鼠的个头也差不多赶上猫了。猫与鼠这一对世代冤家，全成了邹银匠的下酒菜。

邹银匠吃了那么多肉，面色还是很苍白，神情还是很沉静，像吃豆腐青菜长大的庙里的老僧，在敲打白铁的噪声中，他鼓着两腮，埋头销熔着他的银器，然后细细地锤、剪、錾、磨，全然不顾周围震耳欲聋的环境。

## 余皮匠和他的女人

说起匠人，就要说到余皮匠了。

余皮匠给人纳鞋帮、钉鞋掌，也补套鞋，给养马的缝马鞍，做辔头。

他的摊子是一个梯形的小桌子，下大上小，有几个小抽屉，抽屉里装着的无非是些针线、鞋掌、皮子之类的东西。这没有什么稀奇的。在黄金口，就他一个皮匠，摆在街头，也是一种风光。

在大街上吹风喝尘太阳晒的他，看起来蔫不拉唧，生育能力却很旺盛，他的女人一连给他生了十个女儿，这在黄金口真是前无古人后无来者。而且，这十个女儿一律地如花似玉，一个个身材适中，肤白丰满，脸都是圆圆的，像她们的母亲。

余皮匠的女人自然是一架生育机器了。这样的生育机器，操持家务，为十个女儿做饭洗衣，真要忙死了，不死也得脱层皮，但奇怪的是，余皮匠的女人在从自己的肚子里掏出十个女儿之后，还是白白的，胖胖的，没一点儿皱纹，没有那种劳碌过度的衰黄之态，实在是奇迹。在她生大约第七个女儿的时候，她的大女儿也成了家，也开始生孩子了。

于是，母亲与女儿一起比赛了生孩子，母女一起坐月子。这样，在徐皮匠的女人生下第十个女儿之后，徐皮匠依然不死心，他渴望有个儿子，来为他传宗接代。

功夫不负有心人，终于第十一个生了个儿子。

余皮匠生了儿子后，手更勤了，出摊真是风雨无阻，脸上也有一种幸福的笑意。不过，他没有歧视女孩的想法，他的女儿们能读书的都读书，衣裳也穿得不赖，没有将女孩溺死或者送人的事情发生。皮匠手艺在大家看来是不挣钱的手艺，家里没任何人来补贴他，但他就是靠这门手艺，养活了这一屋的女孩，而以后，都给她们找了好的工作和婆家。他唯一的宝贝儿子也没有过分娇纵而学坏，长大后到县城当了工人。

养这些女儿受了些苦，以后就让人羡慕了。逢年过节的时候，他虎渡河堤上的三间瓦屋里，会聚集一大帮子女婿，这些天南地北的女婿给了他享不尽的福：送烟的，送酒的，送点心的，大包小包堆满了屋。就在那物资不丰富的年月，他家的烟啊酒啊总是吃不完的。从他的家里，大家意外地看到了生女儿的好处。不过这好处是“人海战术”的结果，谁也没有他这样的福气了。

## 另一个皮匠和黄记木屐

新街也有一个皮匠，专做木屐的。木屐是牛皮用铆钉铆在木托板上的，底下是四个大扁铁钉，牛皮漆桐油，硬如石头，雨天穿起来绝不溜滑。如果下雨天能有一双木屐上学，你就会让人羡慕得要死。我们那时一般打赤脚。黄记木屐在黄金口是名牌产品，后来是在竹木社门市部出售。

做木屐是个很有技巧的活，工序不下二十道，光硝皮子就不简单。黄木匠家的硝水池一年四季泡着牛皮，臭气熏天。硝好的皮子捞起来要绷好晒干，然后裁剪、缝制。木托板也不好做，有一个弧形，而上面还要钉铆钉，打铁抓，等于是又会了木匠，又会了铁匠。做木屐必须是全才。

他有个儿子也做木屐，是我的同学。现在不知在干什么，因为现在没人穿木屐了。

## 钓　鱼

公安县是水乡，黄金口也自然不例外。在它周围就有杨家湖、北湖和玉湖等几个大湖，我家的屋旁，就是一个小湖，沟汉纵横。荷叶连天。我童年与少年的记忆，全是钓鱼，放学后去钓，星期天去钓，暑假更是天天钓。

先说我屋旁的一些小眼屎湖，本是一大片水域，被土埂小路给分割了。它虽然在安全区里，被小镇所包围，但属于周围的生产队，有两个大队拥有那些水域，一个是金星大队，一个是荆城大队。荆城大队的水域里没有荷叶，长着连片的蒿草，每到冬天，那儿就冻得严严实实，只有一些蒿草露出几撮黄毛来，而我们就可以在上学或放学时抄近路，从湖心的冰凌上走过；属金星大队的湖荷叶连天，每到夏，粉艳一片。春夏的时候我们可以去挖藕肠，也就是藕带；一入冬我们就可以去挖藕。当然了，这所有湖塘都是家鱼坑，也就是养的鱼，鱼虽是野鱼，没放多少鱼苗，但是不许明火执仗地钓的，只能偷偷摸摸。至于藕呀藕肠呀，那些可以偶尔挖一挖，守鱼的人并不严厉制止。

守鱼的人一般只有一个人，背着锹，这儿挖挖，那儿填填，不许钓鱼，还可以收一些人晚间在水边下的濠子。濠子是一种两头有孔的竹渔具，鱼钻进去就出不来了——里面全是篾头；这些濠子用苕草盖着，守鱼人总能发现一些，提上来就踩了。

不过我们小孩钓鱼还是能避开他们的，甚至知道了他们巡塘的时间。在那儿钓鱼我们使用的是小竿，一米来长，随便的竹竿，随便的钩线；轻装上阵，便于迅速撤退。再说这些鱼塘里的鱼密，完全不需豪华装备，钩一下去就有鱼咬。金星大队守鱼的老头是秀婆的丈夫，秀婆与我外婆是至交，所以，一般我去钓鱼，管是会管，把人赶走了，是不会没收你的竿子，踩瘪你的鱼篓的。我记得有一天中午，我与两个同伴躲开了秀婆的丈夫，一口气钓了一脚盆鲫鱼，足有几十斤，全是黄壳鲫鱼。凡是水不流动的地方，为黄壳鲫鱼；若水流动，则是白壳鲫鱼，不知是啥原因。在荆城大队鱼塘与金星大队的鱼塘之间，就有一条流水沟渠，估计与虎渡河相通，常有浑水流动。这水里若是下雨去钓，白壳鲫鱼咬得甚勤。但是这样的沟里因是野鱼沟，钓的人多，鱼也就少了。我们常是装模作样在此沟钓，如家养鱼塘的巡塘人一离开，我们便把钩取出，转个身就到家养鱼塘钓了。

除了这些塘湖外，黄金口镇的安全区内，还有一个叫渊坑的地方有一大塘水，也是我们经常光顾之地。渊坑在搬运站后头，挨着老场的堤。在那儿我印象最深的是，那个踩得发硬的浅滩上，常有些蓄了水的小洞，我们把鱼钩放进洞里，能钓出乌鳝来——原来这些洞是鳝鱼洞。

更多的时候，是与父亲或者其他同伴到乡下的湖区去钓鱼。通常是晚上就备好了红蚯蚓和酒米（将酒倒入碎米中，适当放一点儿糠），第二天天不亮就起床了。然后吆喝着往商定好的地方赶路。一般会有几里路，也有十几里路，都得靠两条腿走。去的地方是听见谁谁在那儿钓过不少鱼，然后大家便跟着这个人走。一般情况下，此人是不会拒绝大家跟他走的，因是一个镇上的人，你今天发现过鱼多的水域，我明天说不定也能发现另一处钓点，互通有无，在当时是天经地义的。

钓鱼本来要赶早，鱼在天亮之后要吃东西，见了蚯蚓，如饿狼扑食。在天亮时到达钓点，打好窝子，一袋烟工夫后下钩，可钓三个小时。之后，太阳大了，鱼就厌食了，一直到下午五点，鱼才又开始咬钩。

钓鱼当然有各种技巧，草太厚的地方，常常是用竿子戳个空洞再下窝，得避开荷叶太密的水域，若有鱼咬，将钩拖入荷丛中，你的线就十有八九挂在荷梗上，连线带钩就没了。虽然几人一起出去，也有钓多钓少的。钓少的会嫉妒，破罐子破摔，见你的窝子出鱼，便在你的窝子旁打个窝，装模作样试一竿，说没鱼，就拿竿子戳了，戳他的窝，其实是戳了你的窝。这样的人尤其可恨，黄金口镇上，有一两位这样的人物。

黄金口钓鱼人中，有一位老太婆是个角色，小脚，住在新街，其夫是个医生，所以她的窝食总有药味，称为“药食”，是绝对保密的。这小脚女人跟男人们一起征战钓鱼，走路脚下生风，且她钓的鱼总比男人多。她钓鱼还有一些特别仪式，打了窝子，就念她的经：“鱼儿鱼儿你莫怪，你是阳间一碗菜”，数遍之后，才下竿。

结伴出去钓的时候多，一人单独行动的时候也不少。有一次，我到荆城某队队屋旁一人钓鱼，在一条水渠里竟看到了约两米长的一条大青鱼。

这沟渠的鱼是纯野鱼，这野鱼长得如此之大，得要好几年甚至十年时间，这十年里没有被人逮住，简直是奇迹。

一个人钓鱼（有时顶多一个伙伴）若发现了好钓场，也会保密的。有一年中秋节前几天，我与一位伙伴在一小小的荷塘竟钓起了十来条半斤重的黄壳鲫鱼。中秋节这天，家里就没买鱼，等着我再一次去那荷塘提黄壳鲫鱼回来。这一天我大早出门，下午回家，果然又钓了几条大鲫鱼。

与父亲一起钓鱼的时间也不少。我的父亲唯一的爱好就是钓鱼。若与父亲出去，多是走很远的路。镇上的钓客太多，周边地区已经用篦子篦了，只得到僻远之地，才能有好的收获。父亲钓鱼是很有能耐的，总是他钓得多，我钓得少。父亲还能发现一些鱼儿藏身的隐秘之地。在别人觉得没有鱼钓的地方，满载而归。有一次父亲带着我，在一条钓客不会正眼看的两块秧田中间的一条排水沟里打窝子，这沟宽不过两尺，说深呢，倒还蛮深，但不像藏鱼之处，秧田过水，农人洗脚，哪里有鱼的影子呢。巧的是我们在那沟里一条又一条钓起来拃把长的大鲫鱼，也是怪哉。当地的农民也没发现这沟有鱼，若发现了，早用赶罾一条不漏地罾走了。

以上说的是下窝子钓鱼，不下窝子钓鱼有三种：第一种是钓浮水刁子。这刁子鱼，专爱在水面上斗浪，不扎下去。只要用一根竹苗子，绑上小钩，小钩上用蛆便行了。要把鱼引来，可在水面上撒些糠，或者蛆，然后往水面上刷，钩一近水，这刁子鱼就咬了，一拉一条，甚是快速。这种鱼不大，但晒干了煎着吃特别好味道。第二种是钓黑鱼。这黑鱼指带了小黑鱼的大黑鱼。从四五月份到整个夏季，黑鱼都会产卵。这黑鱼卵产在靠沟坎的水草间，黑乎乎一片。黑鱼产了卵，就时刻保护着卵。而卵又很容易被人发现，知道了黑鱼有守卵的习惯，只要见了黑鱼卵，用黑鱼钩（较大的倒挂须钩）穿个土蛤蟆，或缠一坨头发，或用骚蚯蚓（即大蚯蚓）在黑鱼卵中间一放一提一放一提，护卵的黑鱼准会咬钩。黑鱼咬钩一般是“叭”的一声，愤怒地把你的诱饵全吞进去，提上来是一条雄赳赳的公黑鱼。黑鱼实行一夫一妻制，绝对忠诚，且夫妻共同护卵。咬钩者先是公黑鱼，这与人类的男人保护妇女儿童一样。公黑鱼上钩了，你再钓，母黑鱼也能钓上来，常常钓黑鱼钓起一双来。如果卵未被钓客发现，孵出小黑鱼之后，也逃不脱被钓上来的命运。小黑鱼孵出，也是在水中一大片，集中游动。这颜色好辨认，一大团墨汁似的，移动在碧水之间，这就暴露了目标。

黑鱼的成活量大，是因为它没有天敌，黑鱼是水中的鱼王，它的卵和雏鱼又因有父母细心的看护，谁也不敢吞食一个，但人类对付这鱼王，却不费吹灰之力。雏黑鱼在水间自由游动，不知危险，总有时间游到岸边来，而水下看护的父母亲无法制止它们向危险地带游动，只好认命了。你若见了这小黑鱼窝——我们称之为黑鱼蠓子，按上述办法钓，有些精明的黑鱼明知钩上有危险，出于保护后代的本能，还是得咬的，它要驱除你，只有咬这击打它后代的钩。但此时的黑鱼若你钓上去一条（公的），母黑鱼就很难咬钩了，它知道丧失了伴侣，而那么多没有自我保护能力的鱼崽还得靠它抚养，所以它会躲在更深的水下面，或是在离鱼崽群不远的地方，细心观察。有时游过来，用尾狠狠打你的钩（诱饵）。第三种不打窝子的钓鱼也是钓黑鱼——秋黑鱼。秋黑鱼即当年的雏鱼长大的，大多一筷子长，在秋天水草空白地带和荷叶下，这些秋黑鱼因为缺少生存经验，很容易上钩。只要弄一些小土蛤蟆，穿在钩上，一路走一路在水面提放，"叭"的一下，就是一条。一天手气好能钓一篓。这种不大不小的黑鱼晒干了煎着吃也别有一番风味。

## 翻螃蟹

菊黄蟹肥。黄金口菊黄时有蟹却不肥，是一些瘦丁丁的本地河蟹。也不在秋天逮，在四五月间涨头河水时逮。

黄金口自民国崩岸——一夜之间崩去了河沿两条街——后一直岸坎陡峭，汛水刷岸，危及堤防，于是有一段地方年年抛石以护岸，就是这一段河坎，螃蟹特多。这些没有多少肉的螃蟹，它们在石头缝里生息，平常没有，到了春天便从河心全爬上岸来了，钻石头缝，在沙坎上打洞。于是，逮河蟹就成了我们小镇春天一年一度的节日。往往是晚上去逮，逮也很简单，就是翻石头，翻开一块石头，里面总藏有一两只的。若是洞里的蟹呢，那也很简单抓住，用一根草往洞里捅，蟹就抓住了草，提出来，便是蟹。

这虎渡河的河蟹真是没有嚼头，小的铜钱大，大的也不过铜板大。只有用油炸酥了，连骨头一起吃，贫穷人家没有油炸的，便煮着吃，放一些辣味，吮起来也津津有味，要是佐上一两盅酒就更美了。在没有多少荤腥的年月，这当然算美餐啦。不过真正的乐趣不在吃，在翻——我们那儿独特的地理，的确是翻，而不是钓或者逮的。

# 贺少雄

贺少雄就住在翻螃蟹的河堤上。那有一个小院子，是供销社的宿舍。在我的印象中，他父母都不是供销社的，他的母亲是镇上的一个女干部，比较和蔼，好像很管事，估计与工商有关。

贺少雄因为父母皆拿工资，在我们那帮孩子中算是最富的。他是一个快活而又有幽默感的家伙，整天嘻嘻哈哈的。在我的印象中，他的父母经常出差，两个妹妹好像也不怎么在家，总是他一个人守屋子，于是我们便经常去给他做伴。贺少雄有表演天赋。那时我们在一个宣传队里，我主要演什么翻译官、刁德一之类，而他演的是刁小三，就是抢包袱的那个。妇女说："你干吗要抢我的包袱？"他捋着袖子说："老子还要抢人呢。"每当这时，台下定会笑成一团。

他这个刁小三还经常篡改样板戏，他去抢包袱，自己发明了一些动作：往口里丢豌豆。往上抛一颗豌豆，便用口去接，十有八九能接到，这一绝活又让台下笑声四起。在我们那儿，改动一些样板戏，是没哪个来抓你的，都是些小孩子，而且成分也不错。

贺少雄不仅有表演天赋，也有文学天赋。他爱看书，也爱写点儿小东西，于是成了我要好的朋友。

后来我下放了没有招工，到处搞"亦工亦农"（相当于现在的临时工），而他却招生到"长航"设在江陵郝穴的一所航道学校读书去了。我在休息时，或他在假期时，我们在黄金口，经常躲在供销社我们一个同学赵中平的宿舍里（他也是亦工亦农），办一种荒诞离奇的小报，这报不印刷，就是写在一张大纸上，也排版，像报纸的样子，还有插图（我会画画）。那时候，总是办这种报纸打发时光。

尔后我招工到县水运公司，便与他"同行"了，于是我们一起学着写文学作品，他寄给我一些长航办的刊物《海员文艺》，那上面发有他的许多作品，我于是也向《海员文艺》投稿，也发了一些诗歌。

他中专毕业后分配到了宜昌航道局，并跟航道局一位领导的女儿结了婚。我去宜昌到他家去过，小日子过得不错。后来他就调到《宜昌报》去了。但从那时起我便与他基本上没了来往。直到大学毕业我一次与几个人去宜昌出差，在宜昌的电视上，看到他作为某次演讲比赛的评委，与著名诗人刘不朽一起，手举打分牌，8.9 分、9.3 分地在给别人打分——他成了宜昌的文化名人。

再以后呢，他成了《三峡晚报》的副老总，我们才又有了联系。他还是嘻嘻哈哈的。他告诉我说，他那儿还保存着我们少年时在虎渡河上划船的照片。可我完全记不起我们曾经划过船并照过相，倒是有一张我与他在河边两人戴着墨镜的照片我还保存着，挺牛的形象。黄金口，那少年和青年时期的栖居地，我们都遥遥地与它陌生了，永不可再回了。

# 猪　行

猪行应是儿时最美妙的地方，它在河边，又紧靠大堤，在半坡上。

猪行有屋顶，但无墙壁，四面是用木料绑扎、抓钉钉成的。它当然脏，猪屎遍地，苍蝇乱飞，但却并非如此。黄金口小镇是居民与农民混居地，捡粪的小孩特别多，哪能让你看到一坨猪屎，猪还没屙出来，几个捡粪的篾箕就接在猪尾下面了。所以说，虽然猪行一天到晚交易不断，猪崽成群，地上却是光溜溜的，几乎一尘不染。这也是怪事。

黄金口的小孩喜欢到猪行玩，是否是如蝇逐臭呢？非也。猪行真正吸引小孩的，就在它的纵横交错的木料架子上。我们这些爱“爬高上低”的伢子，顺着一根根木头往上爬，然后坐在高高的横梁上，一坐一排，坐在上面吃着零食（无非甘蔗、豌豆、黄豆之类），俯视着脚下的牲猪交易，你说该是一种什么风光。大猪叫，小猪喊，猪娃子嫩声嫩气的声音更是抒情。坐在上面还有最大的好处是吹河风。在夏季，那河风直穿过猪行，当然居高临下者更是近水楼台，河风毫无遮拦地吹过我们身上，一点儿汗气都没有了，那还不是神仙吗！

几年下来，猪行那纵横交错的木架子被我们爬得油光水滑了。不过也有人付出了惨重的代价，从木架上摔下来，摔断了腿的，摔掉了门牙的。但这丝毫阻挡不了我们继续爬木架的勇气。我们还是在那上面玩儿，逗闹，甚至厮打，看大人们在我们脚下进行袖笼里的交易。直到有一年，这个猪行被大风吹垮了。

# 台　河

台河在堤外边，已经是地地道道的荆江分洪区了。河不宽，也就是一条人工干渠，但夏季流的水是浑黄的，是从长江放进来的水。台河到了夏天，就是我们光顾最频繁的去处。一是斗（市）——黄（金口）公路的一座石桥，（还有个分水坝），一是往瓦池去的一座石桥，这两座台河上的桥，是地地道道的石桥，全用青石砌成，从那上面往台河跳水，真是好极了，不高不低，稍微有点胆子的人，都可以一试。

台河的水还是比较急的，每年这两座桥下都有人淹死。四年级时，一个叫陈志春的同学就淹死了。那天下午他没来上课，第二天就听说是淹死了。淹死的原因是偷瓜。

我也曾经差一点儿在台河里淹死——事实是：我已经淹死了，但后来被人救了上来。这也是在四年级，我们一次去集中大队支农——就是帮生产队割稻子。晚上回来，大家汗湿水淋的。便要求在台河洗洗澡——我们是沿台河回来的。老师便同意了。会水的，玩得欢畅，不会水的在浅水边洗身子。这台河是漏斗形，没有浅滩，我当时不会水，站在水里就发现人往深水中滑去，无法制止双脚，好像深水里有个什么东西拉你一样——现在想，就是水鬼了。我与不会水的夏应安本来都在水边洗的，但夏应安站住了，我没站住，滑进深水里，水没了顶，求生的本能让我又浮出了水面，想喊，却喊不出，嘴一张，水就进了口。这样我又抓又打，同学老师事后说以为我会水，在水里打“母猪过河”（就是狗刨）呢！

我呛了几口水，就沉入了水底，不省人事了。不知为何，同学肖万岗发现我可能是不会水，出了事，便一个猛子扎到水底，把我捞了起来，然后拖上河堤，又是抽我的嘴巴，又是压水，才把我弄还阳了。

肖万岗是农村孩子，至少大我两岁——我们那儿，一个班的同学，年岁相差七八岁不稀奇。这是因为乡下孩子读书迟，读两年又休两年学了再继续读，还有的智力差，读几个四年级的也不少。肖万岗大我们两岁，水性又好，完全是个大人，不是他救我一命，如今我就不存在了。这个黑皮小伙子后来招工去了沙市，我碰见过他几次，但从来没说小学时我遇险的事，也从没向他说过一句感谢的话，好像这是一件极小的事，不值一提，真是奇怪。

我的母亲给我算过命，说我十八岁以前不能玩水。自出了这件事之后，我母亲就绝对禁止我玩水，只要发现，便用细竹条抽我。但这无法阻挡我对水的亲近，还是偷着去台河玩水，去虎渡河玩水，并且学会了游泳。

有一次在台河玩水斗浪——就是几个伙伴成一排向台河岸压水，斗着斗着，斗出一条鳊鱼飞到了岸上，我把鱼抓住了，用柳枝穿上腮，回去美餐了一顿。

## 齐居寺

齐居寺是一座庙吗？我从来没看见过。经常路过，看到的是一些断砖碎瓦。有人介绍说，这就是有名的齐居寺，至少在湘鄂西边界，曾是个有名的寺庙。清同治本《公安县志》记载：“齐居寺，在旧孱陵城。宋嘉定中僧寅公建。”算来已有一千余年历史了。

寺庙已经毁了，可黄金口的人敬菩萨，却还是去那儿，那长满了麦苗的田头。毁齐居寺估计很有些年头了，最后一次彻底砸毁是在新中国成立初期。据说有个生产队长特别积极，在庙里挥棒砸泥塑的菩萨，并将那些残肢断头的菩萨丢进水塘。这个生产队长自那以后，总是喊头疼。大人们教育我们，菩萨是得罪不得的，否则要遭报应，生产队长就是例子。

齐居寺我们叫“曲曲寺”（蛐蛐寺？），而这田原中，竟是过去老孱陵县县城，也就是老公安县县城。据新编《公安县志》说：“孱陵城遗址位于黄金口齐居寺村，早年据说有不少文物出土，已散失民间。现出土有汉砖和宋、元、明、清瓷器，采集有碗、砖、碑残片。”据老辈的人说，孱陵县县城是很大的。孱陵街在湘鄂西边地十分有名，但因这名儿太雅，一来二去，被贩夫走卒喊成了“柴林街”。不知在哪个朝代废圮之后，柴林街还是喊的，街已片瓦无存，但柴林街齐居寺的名气依然很大，后来齐居寺也没了，也就成了一般的乡景了。这世事的变化就是如此，人心也会荒芜，何况一条街一座庙呢。

不过它的时来运转是在二十世纪八十年代初，兴建寺庙之风迅猛刮来。黄金口一位在粮站工作了一辈子的陈姓男人，大家都叫他陈矮子，决定在齐居寺原址修建一座庙。那时他的妻子死了，儿女都大了，有的还在县城当了不小的官。他皈依了佛教，筹了些钱（自己一部分，老香客们一部分），买了一块地，就建起了没有一点儿寺庙味道的寺庙。红砖红瓦，一般住家的格局。请人塑了如来佛、观音、阿弥陀佛、大势至等菩萨，自己就出家当了这齐居寺的住持。一时间，香火鼎盛，好不热闹。

不管怎么说，齐居寺的佛又回来了，小镇又像小镇了。

# 武侯祠

武侯祠是纪念诸葛亮的庙宇，在明代，是吕蒙寺，后毁，再建了武侯寺。但在我记事后那地方就没庙了，仅剩一个地名。武侯祠是个恐怖的地方，白骨累累。是个老坟场，下雨时土坎上下会冲出一个个的头骨，一根根的腿骨。听说历史上几次大仗的死人都埋在这儿。黄金口另一个恐怖的地方是粮站后坡，加工厂那儿，是个乱葬岗，经常出鬼。这两个地方又是两条进入黄金口的通道，因此恐怖长期笼罩着我们小镇。去学校必须经过武侯祠，累累白骨是我们必须认识的，恐怖的印象贯穿在我的记忆中，以至于我人到中年，只要做恐怖的梦，必与武侯祠有关，且似乎全是在上学途中。认识死亡当然是一个人成熟的标志，也是他胡思乱想的发源地。所以乡下孩子一般比城里孩子富有想象力，古今中外许多作家都出生在小镇，与死亡和对乱葬岗的长期直视有相当关系，他更加理解了死亡，过早懂得了死亡，便能在童年就朦胧地思索了一些大人甚至是哲人思考的东西。

但武侯祠也是一个有神力的地方，在靠河边的一个树林里，估计就是老武侯祠遗址，经常有人上香烧纸钱。

# 方 言

黄金口的方言在公安县只与远隔几十里路的杨厂镇绿化村相同，即“面”“命”不分，“钱”“晴”不分，“电”“定”不分。有笑谑黄金口的一段话是：“花了五分晴，吃了一碗命，看了一个定影。”人家说，黄金口的人把“命”都吃了。

这自然说的是黄金口仅仅有别于其他乡、镇的个别方言。黄金口土语中与普通话所异的方言，我曾在小说《大寒立碑》中说过几句：“这个地方的土语深厚、幽默、表现力强。所以有人说它属于与世隔绝的蛮夷话，懂得历史的人称我们为‘荆蛮子’……这儿的艺术中有一种令人喷饭的‘说鼓子’，说鼓子是用当地的方言边说边敲鼓的……说鼓子的韵脚多用‘波梭’韵，因为幽默风趣的土语全押在这个韵上。”

另外，我在一篇《土语》的散文中谈到一些我们的土语：“说到公安土语中有一种浓厚的古风，这也许是与这块土地的开化程度相关联的。比如说我们那儿大字不识的老太太也会用‘穷斯滥也’来感叹家中的困窘，而‘穷斯滥也’并不是许多城里人能够说得出或者能懂的古话。我们的土话把礼貌叫礼性，把颜色叫色气，把荸荠叫池米，把邮票叫邮花，把声腔叫板口，把娇纵叫惯肆，把继母叫晚娘，把公猪叫豕贲猪，把糊涂人叫梦惑虫，等等，都可见这些土语的文气，就像通通出自一个乡村老先生之口。

“说到土语中的幽默，也是很宽容很厚道的幽默，当然也很犀利，也有浓郁的文学色彩。如果你只有一只眼公安人决不叫独眼龙，而叫你‘半边街’；而喜欢整天瞎吹神侃的人，我们那儿叫‘日白佬’。这种侃爷式的‘佬儿’肯定是带贬义的游手好闲之徒。

“在我们的土语中，颠倒的话还有许多，让外人摸头不是脑，就像在另一个使用汉语的国家一样。我们把爹叫爷爷，把爷爷叫爹，把弟弟叫兄儿，而姑娘家并非你的女儿，其实就是自己的爱人。

“公安土语是一种与世隔绝的土语，它的许多约定俗成的叫法已经猜不出当初的原意了。比如，处女为什么叫七叉姑，厉害为什么叫蒿佬，吝啬为什么叫屌气，任何语言学家怕都难作解释了。……”

下面还录一些让大家一笑：

晚上称为满界，彩虹称为马栏，洗操称为擦汗，不够朋友称为差火，结婚称为过会头，骂人称厥人，雨具称为脚手，颈子称为嗝晃，蛔虫称为嘈虫，臭虫称为香姑娘，洗衣为濯衣，蔫为快，出洋相称为出挺，干净称为灵杆，毛病为毛窍，无可奈何为无乞奈何，一年四季为五年四季，凝视叫盯故，故意叫跳故，等等。还有好些字根本在字典上是没有的。

另外，为了加重语气，常把三声发成一声，四声发成二声。为了表示亲昵，常在后面加“阿子”，如刀阿子、凳阿子、狗阿子、猪阿子。在强调好恶的程度方面，为了表示到极致，除了发音的变化外，还有许多办法。如加“神”，加“气”，第一字加拖音，等等。如碰碰神（碰撞），穿穿神（打瞌睡），转转神（眩晕）；刮气（漂亮），肉气（有肉感），色气（颜色），屌气（吝啬）。

# 方　言（续）

写完以上一篇，余兴未尽。方言是博大精深的，是一个地域的文化的集大成者。方言十分顽固，我在我们明代的公安老乡“三袁”的文章里，就看得到现在仍在使用的方言。无论地球多么小，无论与外界如何交流，一个地方的方言总体上来说不会有什么变化，特别是用方言表达的语气，百分之百不会改变，永远亲切，永远是那个味儿，永远带着特有的气息，让你触摸到故乡中最可亲近的部分。

读张炜的《丑行或浪漫》，他的胶东方言是如此让人着迷，一旦出现在小说中———一旦成功地进入小说，它就不是方言了，就成了全体华人的共同财产，成了文学的优秀收获，由方言变成了全民语言。《红楼梦》中的方言、《水浒传》中的方言，不就成了我们惯常的大家共同使用的语言了吗？

我也有一种梦想，用公安方言来写一部长篇，并且这些年常常通过听与忆记下了一本方言。除了上篇中的外，现捡一些大家能明白，也自认为很有文学韵味的方言召示如下：

先说常用语：“耷个”是什么；“稀忽”是差一点儿；“恁”是这，有古风；“恰恰”是刚好；“恁个”是这样；“龙个”是那样；“咧里”是这里；“糯里”是那里；“他郎”是他的尊称。

晚上说成是“满界（读介）”，是有一定道理的，一天满了界嘛。说此人心很深，很阴，谓之“阴奥”，真是生动至极。出洋相称为“出挺”。骂你“翘贱”就是找死的意思。“嗑德行”是开玩笑。“黄浑”就是糊涂。

身体一些部分的叫法：耳朵为耳懂；脖子为嗝晃；肋骨为勒榨骨；鼻子为鼻拱；膝盖为磕膝包；脚踝为螺蛳拐；手臂为手杆子；胳窝为胳榨窝；肚脐眼为肚脐拱子；手指为指嘎；鼻涕为鼻舔；涎沫为涎水泡子；脚跟是脚莸子；拳头叫拳坨。

我曾在小说中使用过“游尸舞荡”，其实就是游手好闲，但表现办更强，说一个人“五年四季不归家”，是不是比说“一年四季不回家”更有表现力？说一个人瘦而有劲，称为“铁骨膘”。说一个人虚胖，是“泡肉巴子”。说一个人矮是“矮趴尿罐”。说没有为“呵欠”，比如有人问你：赚了大钱吧？你答：赚个呵欠。说这人奸猾虚伪，一个字就够了：拐。聊呆子是喜欢开玩笑的人；急着宝是傻里傻气的人；嚼筋坨是啰里啰唆的人；闷子哼是沉默寡言的人；蛮机抓就是很机灵；嚼蛆就是说人闲话，无事生非；卵蛋琴就是乱弹琴；划二五六就是想主意；酒醉阳罡形容醉态；斜费就是麻烦；晒胸就是胸挺得很高；焦辣火疼是水、火烫伤后的疼；清喊辣叫是歇斯底里的叫唤；溜人就是痒；无乞奈何就是无可奈何；中界就是中午；即日就是今天——有古风吧；末日就是明天；且日就是前天；撮日就是昨天；日厥就是挖苦讽刺；血泡子、化生子、囚儿苞子都是很古老的骂人话；失错是对不起的意思；滑稽是油滑；暮气是很傻，不开窍；放骗是撒泼；花闹天空是富丽堂皇；皮实是结实；跌是用脚狠狠踩踏；呈是用手压，也意指压制别人，如：他要呈我，让我不得翻身；毛窍是毛病；无聊不是没意思的意思，是指这人很流氓；说这人是聊犯，就证明这人是个色鬼；尿天锤是吹牛的人；癞丁光是癞子；快是蔫，如：草晒快哒，这几天人蛮快。

还有一些很有意思的说法：如一个人讲仪表穿得少，叫卖凉酱；胃不舒服说煎人；太阳大说太阳好射人；尖嘴就是打小报告；空就是倾倒东西；泥糊器天就是浑身泥巴；带信就是连累；捞就是动手拿，摸；喜得、得起都是得亏的意思，分不同情绪分别使用；脱甩就是形容这人很轻松、清闲，没有负担；嘣就是吮吸，又是一个古词；热乎就是暖和；皮面就是表面；眼浅就是眼馋、眼红，这我在小说中用过。

以上不过是一小部分，还有大量无法写出来的语言。就像许多少数民族只有语言没有文字一样，汉族的各地方言也有此类现象，而且大量存在，至少在我的家乡是如此。四万多汉字，够用否？肯定不够用。我曾花了很多功夫去找同音字，找到了一些，如黢、唠、潽、抈等，但大多无功而返。就像一块土地，会生出许多稀奇古怪的植物，它也能生出许多闻所未闻的语言并一直流传下去，不需要文字来记载它。这就是民间语言——方言的巨大生命力。张炜说过这样的话：只有方言才是真正的语言。这是振聋发聩的。

## 柳画匠的花牌

黄金口最令人骄傲的、名气最大的，怕就是柳画匠的花牌了。花牌俗名十七个。在二十世纪七十年代末，麻将没“复辟”时，公安县复辟的是花牌。花牌没有卖的，全是自做自玩，全县涌现出了许多制作花牌的能手，各种材质的都有。这是柳氏花牌自诞生以来的第二次大流行，甚至不可遏止，重又流行至湖北、湖南、四川、江西，还有江浙等地。它的流行与只要三个人且没有响声有关。打麻将响声太大，很容易招至乱罚款的警察和联防队员。因此，作为赌博的工具，花牌——“十七个”应运复苏。花牌重现江湖有专人制作时，依然是手工制作，以桐油上漆，从不起壳，断张。黄金口有几家专门从事这的。说柳画匠的花牌，不是如今的哪个柳师傅，而是指它的发明人，清嘉庆年间的一位黄金口柳姓画匠。

花牌我在四川看见过一种变种，也许是另一种花牌。那么，柳画匠的花牌就或许不是独创，而只是一种改良了，谁知道呢。柳画匠没有留下姓名，传说其祖上是湖南过来的，以纸扎技艺为生，因楚人普信巫鬼，纸扎也就是扎祭祀用的灵屋、纸人纸马或者风筝之类的了。花牌有 110 张，上大人，可知礼，七十士，化三千等的组合，三、五、七为经，经分素经和花经，故名“花牌”。素经算一个牌，当经算两个，花经算两个，当经为四个，三个为一坎，四个为大坎；每盘叫经。和牌为 17 个，不到的算诈和。34 为大和，翻番，越多越翻。花牌的玩法——规矩，一百多年来无任何变化，也不以地域区分有什么改变，这跟麻将、骨牌、扑克的灵活玩法大相径庭。它确是一种古老的、一成为变的游戏。

花牌渗透着强烈的儒家思想，或者干脆就是宣传孔老夫子和他的业绩与学说。上大人，可知礼，七十士，化三千，七十二贤士，化作了三千弟子。三人的游戏，寓意“三人行，必有我师”。如果四人玩，有一人为“坐省”，即休息，轮流坐省。儒家的“日日三省吾身”也贯穿其中了。在这里讲一个“坐省”的笑话。杨厂乡一小学老师，是个花牌精，打了一夜的花牌，恍兮惚兮去给学生上课，某学生在底下搞小动作不听讲，该老师点他的名道：“你到前面来坐省。”其实是要他上讲台边罚站。

柳画匠的花牌最奇的还是它的书法，即字形。这种书法我走遍全国，翻遍书法大典也未曾见过。字怪怪的，笔画粗粗的，说篆不篆，说草不草，说隶不隶，说行书不行书，说魏碑不魏碑，古拙中藏苍劲，稚嫩中见老辣。而且一些字还故意变了形，变得莫名其妙。刚开始认识不了，两三天后全能认识。一大把牌拿在手（25 张），凭牌头的一点儿形状就能知道手中的牌，柳画匠该为此动了多少脑筋。为什么不把字弄得贩夫走卒、老农家婆们好认呢？这可是柳画匠的大智慧，太好认了就不吸引人了，正因为不好认，有神秘性，才让人产生兴趣，要探究出个所以然来，于是乎，边玩边识，110 张牌上的字，不知不觉就全认识了。古人真聪明啊！字虽怪，如画符一般，却很好看，加之彩绘又讲究，这牌拿在手上，可真是民间工艺的精品，它是纸扎、绘画、裱糊、书法、油漆技艺的大展示，大结合。百年来，湖北及周边的民间就认了它。现在浙江也在出品，福建也在出品，荆州也有许多厂家生产，但不得不沿用柳画匠的字体，否则就不正宗，就没人玩，就玩不出那个味儿来。

我曾做过花牌，是在二十世纪七十年代末。用的是医院拍片的废胶片。那时候常常彻夜大战，屁和一支烟，大和两支，一夜下来，也就是一包烟的输赢，可见当时人们为此几乎疯了。

## 邱什么春

在我的印象中，他好像也是在小学四年级死去的。他住在离我仅百米远的地方，中间相隔几户人家。他长得白白净净，我记得我们打背包、拿木棍搞军训拉练总是在一起。不知道为什么，他就病了。他在家躺了几天，实在不行了，就让家人用板车拖到县城去——当时看病最好的是用板车拖，一般是用躺椅抬，板车都很少见的，那简直像现在坐凯迪拉克那么风光了！还未到县城，刚刚上县城的大堤，据说就断气了。

他的父母说，他在死的几天前，鬼在门外半夜喊了他的魂。那声音是一种拉长了声调的、非男非女的声音，绝对的恐怖。

我们周围的许多人都说，的确听到了喊他的魂。我也听到了，这个我记得清清楚楚。我不相信这是幻觉。

# 鬼　火

黄金口在神奇的北纬 30° 上，这是事实，但黄金口关于鬼巫的气氛是如此严重，这情形在另处肯定是非常之少的。

黄金口打过几次大仗，北伐战争时期，贺龙领导的部队与王都庆、于学忠之部（吴佩孚属下）在此血战数日，尸横遍野。抗日战争时这里驻过日军，也是大战场。因此黄金口坟岗多，土中、水中，到处都是人骨、骷髅，那种人与鬼、鬼与巫、巫与神之间几乎没有了边界，好像都是相通的。每每入夜，鬼火窜来窜去。

所谓鬼火，就是鬼魂，大家都这么认为。在我们家右侧的水塘、田塍、野地里，经常游动着鬼火；不远的加工厂那儿，就是一个大坟岗，鬼火更多。

按科学的解释，这是死者骨头的闪光，是一种磷发出的光。可为什么独独人骨发光，并且窜来窜去呢？

我的父亲有一天晚上给人做工回来，鬼火就跟上了他，随他怎么赶，啐它，吼它，它也不走。那团鬼火跟着我父亲。我父亲慢，它慢；我父亲快，它快。我父亲后来就脱下一只鞋来提到手上，据说这样鬼就不赶你了。这法果真灵了，鬼火就停在了路上。

我父亲提着一只鞋子回来，脸煞白煞白，给我们讲了这事。我们就打着电筒去追那鬼火。在鬼火消失的地方，是一坨草绳。

# 加工厂

若说给寂静的小镇生活带来点儿喧闹和生机的，除了榨坊，便是加工厂。这些都是在夜半能发出强壮声音的地方，它能抵御人们对黑夜里鬼魂的恐惧。也就是说，它们能给神经脆弱的小镇人壮胆。

加工厂坐落在废堤上，它紧挨一个大坟岗。这个加工厂除了打米外，还大量加工棉花，即把籽棉轧成皮棉。一般在冬季和春季加工厂都是关门闭户的，只有一个老头守着那宽大的厂房。这里经常闹鬼，听人说，鬼经常在里面扒算盘，还念念有声呢。

那里面有很多皮带和机器，都安在坑道里，到处是轴杆、齿轮。机器一响，那些东西全部动了起来。在轧棉花的季节，秋天，这里日夜加工，棉花堆积如山，给人一种温暖的、喜庆的印象。许多开机器的人在里面忙进忙出，还有一些搬运工也赤膊上阵。在加工厂，柴油机的循环水是由两只大桶来完成的。木桶海大，一旦机器开动，木桶里便热气腾腾，等到机器停了，下班了，机工师傅们便脱得精赤条条，跳到木桶里去洗澡。

加工厂不像榨坊给人好感，唯一走近它的原因，是能在它倒出的垃圾堆里，捡一些棉花头子，翻寻到废螺丝等去卖钱。

加工厂除了闹鬼外，还是一个直接给人造成伤害的恐怖之地。它的那么多皮带和机器都没有防护设备，许多在那儿打米的、轧花的人都轧断了手或者脚。轧就轧了，他们从不负责，轧了的人自甘倒霉。

我的父亲就是这样被轧断了四指的。

那是我们全家下放后，父亲从队里分的谷，挑了几十斤去打米，结果打米机吞进去了我父亲的右手。这右手除大拇指外全断了，就皮连着。在黄金口诊所胡乱缝了针，准备把他送到县医院去的，但家里无钱，眼见得救护车都叫来了，父亲也坚持死活不去。就这样，菩萨保佑，四只手指后来还长好了，只是失去了活动能力。

在小说《大寒立碑》中，我也诅咒过这个加工厂："什么时候，人们才能把那些老掉牙的机器搬走？像一个恐怖的象征，加工厂，你那钢铁摩擦的声响，就像墓地的丧钟，刺耳，无聊而古怪，充满了装腔作势的恫吓，像个无赖，在郊野回荡。"

## 老房子

我家的老房子没了，小镇的老房子也没了，代之以恶俗的水泥建筑。

我们家老房子刚开始是一间半草屋，后来漏得实在没法住了，决定建新屋，而我母亲决定建成瓦房子。这是一个大胆的决定。在当时，我们家七八口人，能吃饱肚子就不错了，可我母亲是个能干人，借檩子，借砖借瓦也要建。于是，两间瓦房建起来了，旁边还搭了个茅屋偏厦做厨房。墙，前后为土砖，三个山墙为单匹红砖，墙薄得风都能吹倒不说，砖还是些嫩火砖（未烧透的）、老火砖（烧老了），房子几年后墙脚就被湿气给腐蚀了，砖就成粉末了一层层剥落。檩子因是很细的树做的、屋顶压得凹凹的，每天我躺在床上看那些细细的、颤颤的檩子，似乎都听得见它们不堪重负的喘息声。我真担心哪一天它们扛不住了，会断裂开来压死我们。

前后的土砖是我们自已制的。我们借了不远的一块水田，冬日晾干，赶牛去碾压，泼一次水碾一次，然后找了一种很像耜的农具刀来划切，用脚踩的，然后用一种大铁铲，铲出来，就成了砖。

在当时，这一半土砖一半红砖的瓦房，还算是不错的，因为镇上有一半的家庭尚是茅草房。我在一篇写父亲的小说中写到我们每晚要将油灯捻小放在堂屋的小桌子上，大门用椅子抵着，不闩（当时没有盗贼），等半夜捉龟的父亲回来，就不需要喊门了。我这么写："父亲，还记得这个故居吧？不管夜多深，天多黑，你都会辨认得出来，是吗？有什么在你的面前引导着你向它走去，是温暖的亲情，还是咬着牙根咀嚼的岁月记忆？走啊，走，太累太累的时候，我们就要向故居走去——那是自己的家。"

老房子就是故居。而家的主要功能，我以为跟狗窝、鸟巢差不多，是遮风挡雨做梦的地方。并没有多少诗意。

老房子的故事是在以后：我们下放了，父亲无法适应乡下的生活，又因为老实受人欺负，于是起了将全家迁回江西老家的心。于是写信回去，那边竟同意了。

父亲给我们描绘的江西老家是：亲戚多，冬大那儿不冷，不需穿棉袄。这一点很吸引我们。其实二十世纪九十年代末我第一次回江西老家后，才知道那儿依然冷，亲戚倒不少，罗姓为大姓，那个在鄱阳湖边的小镇比黄金口镇大多了，老房子多多，青石板街道，古风依旧。

正在办理迁移手续时，家里就在裁缝铺门口贴了出售房子的启示。不久，有想买房子的人来看我们的房子，可能认为房子太单薄，都没有成交。而回江西的事不知哪儿卡了壳，拖了又拖，最后不了了之。

因为我们全家下放，有一段时间这房子就空着了，后来租出了一间给分配到诊所的一对大学生夫妇住。不多久我们又搬回来。但厨房因长期漏雨，墙就垮塌了，很长一段时间，父母都是在一面墙完全敞开的厨房里做饭。那时我已在县城电厂做"亦工亦农"。后筹了点儿钱把墙重垒起，在自己糊泥巴时，梯子又一次把未干好的墙给戳垮了，于是再砌。不过我记得那厨房的茅草盖里，一到春天就生一堆堆令人恶心的草履虫，此虫还发出一股让人作呕的气味。

房子屋场太窄，大门左右不远各一个垃圾坑，就是粪坑，终年散发一股恶臭，那两家人的老人总是将尿罐粪桶倒于坑内沤肥。夏日若乘凉，就挨着粪坑，不过闻久了，也就不知其臭了。好在厨房旁边，有我家的一个小树林，我父亲栽的楝树、柳树和椿树，也有未栽自长的一根粗大的构树。夏天乘凉就在树林里，过去是杨五姐姐的篱笆。这家人十分霸道，每年新夹篱笆时，总想多占一点儿我们家的地，为此闹翻了。她们家仗着人多势众，硬是占去了我们不少土地。还有前面一家每年冬季起粪积肥挖粪坑时，也无形中慢慢把坑向我们屋场扩大，恨不得把我们屋场全挖成他的粪凼，也十分可恶。不过如今想来，偷偷想侵占别人的地盘的企图，均不过在一锹宽之中，争得死去活来又怎样了呢？如今，这些老房子全不在了，化为乌有，成了一片油菜地，粪坑安在？篱笆安在？人安在？想来十分好笑。

几年后，我们兄弟姐妹几个都去了县城上班，父母的缝纫社也垮了，也就搬到县城去了，老房子就得卖掉，作价五百元卖给了诊所，当时的诊所是鲁文豹负责（就是那个收听敌台的），五百元买了我们的房子，屋旁的树还卖了些钱，楝树打了十几把椅子，木胎深黄，没有虫眼。这些椅子至今还结结实实，甚至被我搬到了武汉。那也算是与老房子有关的一点儿记忆吧。

那房子不知为何拆了，连同诊所一起。我站在油菜地里，初春的阳光明媚异常，油菜油嫩嫩、水汪汪的，是它们，这些弱小的新生命，抹去了一个时代，抹去了至少两代人的记忆。岁月真像杀手一样冷酷无情啊！

# 裁缝铺

关于黄金口的裁缝铺，我在一篇写父亲的小说中有这么一些描述——

**之一：**

昏黄的灯光摇曳在裁板上，像一支祭神的佛烛。乌黑的火烙铁里，火屎爆着燃烧的声音。剪刀已经把他右手的有关部位打磨出厚厚的老茧，他抽着烟，把那些布料翻来倒去，一直剪得零零碎碎。但是你只要看到他怎样选择划粉，怎样用划粉在布料上顺着那直尺画出流畅的曲线和直线，你就知道他进入了一种超然物外的创造状态。在寒风怒号的夜晚，他总是这样坐在高凳上，皱着那双苦行僧式的眉头，计算着布料的幅宽、长度、缩水性，然后在布料上喷水。他喝一口，喷一口，喝一口，喷一口。他的眼里出现的都是白天在这里量体裁衣的乡下人；那些羞涩的媳妇、胆怯的孩子、邋遢的丈夫。乡下人在裁板面前站得规规矩矩，任裁缝师傅摆弄，一根皮尺能量出所有的尺寸来。问过式样之后他便开单据，吩咐他们几日几时来取衣。乡下人挑着空箩筐，挽着篮子，提着酱油瓶走了，他把他们送走，连连点头，含混不清地说几句乡下人听不懂的江西话，然后把布料按顺序堆放在裁板角上。他用火烙铁烫衣料，有一次裁板上被火烙铁烙出了黑烟，他把一杯茶倒过去。这块有深深烙印的裁板一直跟随着他，直到死去。这块裁板现在成了我家的一扇大门，替他的老伴和他的子孙挡御风寒，守护着旧居和记忆。

他和这个裁缝铺都有一张病态的白脸。他和天底下所有的裁缝一样，都有痛苦的胃病和痔疮。久坐生痔。

他时常在门边的那块磨石上磨他的剪子和剃刀。剃刀不是刮脸的，是用来裁割皮子的。他蘸着水，细细地磨。更多的时候是在夜晚，他蘸着异乡的月光，细细地磨着他的匠人岁月。他用手试试锋刃，那些成不了大气候的小刀小剪，证明他只能是个苦度时光、聊以自慰的匠人。

他裁累了，从装衣料的篓里寻出个生地瓜来，用剪子削皮，有滋有味地嚼起来。他戴着样板戏里的栾平帽，那种帽子是他自做的，这样看起来，证明他的确做过一个衰亡政府的军人。他笼着袖，在裁板前走来走去，然后搬开机头，给各处上油。再然后，轧轧的机声便响起来了，汇入整个裁缝铺的若干架机声中，为人们赶制寒衣。

鸡叫三遍的时候，大约五更，在更夫的铜锣声中，裁缝们打着哈欠，熄了灯火，各自朝自己的家里走去。寒冷的星星挂在洼地的上空，小镇屋脊的剪影干瘦，风充斥在巷子深处，与沉重的眼皮交织在一起。遇到大雪迷漫的夜晚，裁缝们踩着渐渐增厚的积雪，缩着脑袋去叩家人温暖的沉梦。在最冷的夜晚里，小镇只有裁缝铺灯火辉煌，看着这唯一没有睡意的一隅，大人们围着火盆说："今年乡下的年成好呀。"小孩们在被窝里想："快过年啦！"

**之二：**

你没有见过我父亲的裁缝铺。在乱糟糟的河堤下，在小镇那块唯一的高地上，极苍凉无言地矗立着。暗红的门楣上用很幼稚而又自矜的黑漆写着铺名，尘幡一直吊在檐下，空荡荡的铺子里一览无余。它衰落的征兆在它建造之初就已显露出来了。薄砖墙正在慢慢地倾斜，人们不得不用许多铁铆钉和竹筒来加固它，墙里的填土也在悄悄地往下掉，就像一个老人身上的皮糠一样。具体地说，它的衰落是在1982年。这一年，瘸腿的铺子主任到县城学电机修理去了，他认为修理比一针一线给别人缝衣强；另外两个能干的师傅也远走高飞了，离开这个闭塞的洼地小镇，一去不返。后来，铺子雇请了一个乡下的复员军人做业务员，跟随孝裁缝山南海北地联系来料加工业务。当这个业务员能独当一面之后，他携着铺子里借贷来的两万元巨款，无影无踪。至今还没有音信，有人传说他已经到了中国香港。

银行来封了铺子，清点财产，这些干了一辈子裁缝的匠人们，一个个脸上露出哀伤的神色，收拾着自己的剪刀、皮尺和缝纫机，含着老泪离开了它。他们从后门走出去，挽着那种沾满机油的裁缝提篮，勾着腰，互相道别之后向各自的家里走去。门被关上了，骤然间听到了一阵儿急雨似的麻雀叫声。空旷的铺子作了银行的抵押。

父亲，从此以后，你成了一个没地方领取退休金的老人。你衰老了。后来，你来到了县城你儿女们工作的地方，独自租了一间蓄洪屋，把你的缝纫摊摆在街头，在一家副食商店避风的墙后面，穿着臃肿的衣裳（怕街口的风啊），支起一块小裁板，踩着那辆黯然神伤，嘎嘎作响的老式"飞人牌"机子，专门承接老人的皮袄和小孩的衣服。你的手僵硬，眼力不如从前，做出的衣物总是出现这样那样的小毛病，让那些陌生的顾客们数落。你分辩着，解释着，但是别人听不懂你的话。等你明白你再也不能上机了，你才听了儿女们的劝阻，从此放下你的剪刀和皮尺，永远告别了你的手艺，告别了你一生的裁缝生涯。那辆缝纫机生锈了，你也不再去擦它，我们说把它当废铁卖了，你又坚决不肯。我们想，就让它留着吧，你能看到它，或许是个安慰，它毕竟耗去了你几十年的生命，毕竟靠它喂养了两辈人。

那个裁缝铺呢？卖掉之后，除去还银行的贷款，落到你的名下，是四百八十元钱。四百八十元钱，只是一笔账，没有活钱支付。我的在广西前线当兵的弟弟，回来给你奔丧，才找到了理由去小镇领取这笔款子。你为这个裁缝铺干了三十多年，你听了党的话走合作社的道路，到头来，这四百八十元的欠款，还不能为你办一个简朴的丧事。一个老裁缝，一辈子，就是这四百八十元钱。

裁缝铺，你现在的主人是谁呢？

裁缝铺曾是一个相当热闹的地方，它是年成的晴雨表，是炫耀丰收的地方，是小镇时尚的发布场所，是岁月岁岁更新的标志——当人们穿上新衣，就预示着旧年走了，新年到了。裁缝铺最鼎盛时有几十个工人，分工明确，裁工是裁工，缝工是缝工，钉扣子铰扣眼的是专人，做皮袄的是做皮袄的，做散工的是做散工的。有一阵子，人员激增，原因是社里要培养后备人才，招了一大批学徒，每个师傅带五六个徒弟。我们家曾经挤满了男女徒弟，徒弟们什么活儿都干，有为我们做饭的，有挑水的，还有为我小姐带小孩、洗尿布的。这不过是裁缝铺的回光返照，没几天，徒弟们就无影无踪了。因为裁缝铺倒闭了。

# 榨　坊

榨坊是一个香风迷雾的地方。

在我们小镇，榨坊的香味一直是我们童年记忆中欢乐的源头。

榨坊在武侯祠的堤下不远。武侯祠是一个地名，它已没有祠了。这武侯祠是我们每天上学的必经之路，榨坊也就成了路上必观的一景。

榨工在我们那儿不叫榨工，叫榨匠。可见榨油是一门从小就学的技术活儿。同是芝麻，同是菜籽与棉籽，你榨得出油，别人不见得就榨得出油，况且还有出油的多少。但一个榨坊只有一个不干活专拿主意的甩手榨师傅，其他人还得从打榨的繁重活路学起，以求以后成榨师傅，被人请到别的榨坊去，供吃供喝，当甩手掌柜。

榨坊的榨筒是最有讲究的，也是一个榨坊让人信服、都来换油的根本。黄金口榨坊里，我见过安装有好几根榨筒，榨筒是一根整木，少说直径得有一米。还得把里面凿空以放榨箍，榨箍里才是榨油的原料，榨干了油，松开榨箍，原料就成了肥田或给牲畜吃的油饼，铁一样的坚硬——这都是撞榨的结果，可见榨工要使多大的力了。

至少一米直径的大木来自哪儿呢？大多来自神农架；长成一根这样的榨木，怕至少上千年吧；而全县、全省、全国有多少这样的榨坊呢？怪不得神农架的原始森林都被伐尽了呢。

榨油至少有四道工序：筛料、炒料、装榨、撞榨。

筛料就是把乡亲换油送来的原料芝麻、菜籽什么的筛干净，大筛吊在梁上，两人三人均可筛。筛料的人唱的是：

头筛灰哟，二筛渣，
筛两筛，留底下哟，
筛子上面的留下整哟，
整合规格再用它哟……

这筛料活自是最轻的，歌也唱得婉约。接下来的就是炒料。炒料是男人的活，若是在冬天还好，如在夏天，人整个炒得水淋淋的。料分生料与熟料，放在两个扳桶里（扳谷的那种）。若是芝麻，炒出的香味就醉人了，谁闻见了都会垂涎三尺。芝麻的香味是无可抗拒的，我们必须被蛊惑，必须走近它，看那些炒匠挥动巨铲（有的干脆是洋锹）。我们走近的目的当然不是为了欣赏炒工的劳动表演，看他们的汗水流得多么美妙，走近只为能抓到一把香芝麻。这种时候并不是很多，要么是炒工赶我们，要么是守榨坊的老头子跟在我们后边呵斥。但机会总是有的，有的炒工是下学的小学生（这些小学生年纪一般都在十多岁），平常都熟识，不仅不赶我们，还抓了芝麻往我们兜里塞呢。当然啰，主要的还是亲自动手“偷”。往往只能抓上一把两把放进荷包里，匆匆离去，在无人的路上，掏出来大嚼。炒熟的芝麻又香又脆，吃得满口流油，而衣兜也会油津津的；生芝麻则有腥味，但口感也还不错。

到了榨香油的日子，小镇四处飘散着芝麻的香味，使人如入幻境。炒工们也有他们的号子：

筛下的原料装锅里哟，
文火烤焙来处理，
烤干焙焦装上榨哟，
榨箍一紧油直滴……

接着就是装榨，这便是由榨师傅指挥的技术活了。榨匠们手脚麻利地在榨箍与榨箍间垫上稻草，然后一层一层地装炒熟的芝麻（菜籽、棉籽），然后上榨，然后便开始撞榨。

榨杆对击榨筒是要求极其准确的，如果你没看见过榨油，我告诉你撞榨跟和尚撞钟的姿势与原理一模一样。只不过和尚撞钟平和、缓慢；而榨匠撞榨虽也缓慢，但凶猛。不凶猛狠厉哪能榨出油来！

撞杆也是大木，长一丈有余，握撞杆的三五人、五六人、七八人不等，大家把撞杆拖得远远的，然后用力跑着向前撞击，榨箍一点点往里缩，油就一点点地流出来。撞得不好，撞歪了，榨箍要散不说，还出不了油。

撞榨不紧不慢，日夜不停。榨油号子也就一步步移动，一声声喊起：

手握撞杆一丈八哟，
双手使劲把油榨哟，
一撞榨箍三尺三呀，
看着看着油滴下。
哟——喂——哟——喂——
榨呀榨，榨呀榨，
伊儿哟，
我为乡里（亲）把油榨……

不过更多的时候喊的榨号子是简单的，没那么多词儿：“哎——（拖杆）——嘿！（撞榨）”就这么简单。

每天晚上，在浓浓的香味里，小镇就笼罩在这有力、沉缓、执拗的榨号子声中。那是个彻夜不眠的地方，像泉水一样沁出香油的地方，在远离故乡的人们怀想的深宵里，榨坊的号子永远是折磨他们的乡愁。

## 诊　所

诊所在益阳街的两边。南边是中医，北边是西医及住院部。这自然是最初的格局，后来，南边的中医不知怎么也搬到北边来了。

南边的中医是老房子，青砖子瓦封斗墙，庭院深深。把脉的姓陈，是我家的一个远亲，是陈婆子——一个比我大几岁的男性——的爷爷。每年春节我们都要给陈婆子的爷爷拜年的，走上台阶，走进那走廊似的堂屋，两边是诊脉处、配药处，然后再进天井，再上台阶，走进去，陈婆子的爷爷就坐在那光线深晦的地方，在一把太师椅里。我们叩过头后，他就会给我们压岁钱——我们叫牙酥钱。拜年有儿歌唱：“拜年拜年，腿子上前，不要沙豌豆，只要牙酥钱。”

配药的是陈婆子爷爷的一个侄子，陈婆子的表叔，我们也叫什么叔的。一个老实人，平时不声不响，可切起药来，碾起药来，杵起药来，却是极卖力的。配药处的药屉也是我们常见的格局，一排排与天齐的柜子，小屉儿，屉表上贴有药名：当归、党参、白术、黄芪、红花、乳香、没药、牡蛎、天麻、石决明，等等。那么多药屉，我寻思这位什么叔是怎么能记住的，提溜个小秤，对着药单，马上就能找到放药处，抓起一把来丢进秤盘，似乎总是不多不少，然后依次放入三个大纸中，为三服药；大纸是草纸。逢上要杵的药，就放入那铁臼中，用杵极有节奏地杵碎，大约也就是三七、田七、杏仁、桃仁什么的吧。后来我知道那药屉是极有规律地摆放的。补益药是补益药，什么人参党参黄芪大枣，当归熟地，麦冬龟板，肉桂杜仲，紫河车肉苁蓉等在一块儿；祛风固涩药在一块儿，什么独活羌活，木瓜牛膝，山茱萸桑螵蛸等；安静镇惊药在一块儿，利水泻下药在一块儿；理血理气药在一块儿，清热解表药在一块儿；止咳化痰药在一块儿，而这些在一块儿的药又分为君臣使佐，等级分明，你学会了中医，就知道了一张药方的配伍，并能迅速找到药屉。但后来我也见到过另外的放药方式，比如将参放一块儿：丹参红参党参人参之类；将仁放一块儿，桃仁杏仁麻仁柏子仁薏苡仁之类；子又是一块儿，车前子鸦胆子五倍子五味子使君子苍耳子之类。这样也似乎较科学。

中医门口的石阶上甚至门口大街上，每天都用簸箕摊晒许多切好的药，最多的是桔梗、半夏、桃仁、天门冬、麦门冬、党参、玄参等。这些药是收购农民的。我们那时候镇上的小孩也卖药给诊所，主要是桃仁和蝉蜕。桃仁是捡街上人吃了的桃核，回来洗了用锤子敲开，然后晒干便能卖了。蝉蜕是去树上抓，甚至挖洞。这大约是五月间，蝉就出来了，在树上蜕壳。树林里的一些小洞，用铲挖开，也有蝉蜕，蝉在地下常常要生活几年时间，然后蜕壳才成为知了，四五十天后就死去了。

陈婆子的哥哥和陈婆子都跟他的表叔学切药、碾药、杵药，这大约是想跟他们的爷爷学医而必须先掌握的一些本领。过去中医的带徒其程序便是如此。这叔侄几人常常用那种宽大的铡刀切药，也常常坐在高凳上碾药。碾药不用手，用脚，陈婆子的叔叔碾药不是坐着的，是站着碾。那碾子长，人站在两边，一来一去划动很大的弧，那碾子在碾槽的两头恰到好处地运动，如果用力过大，碾子就会飞出碾槽，那就要人仰马翻了，不过这种情况从没出现过。看碾药真是一种享受，简直是在看悬崖上跑马。还有小一些的碾子，那是碾小批量的药的，这碾子我妈经常借来，碾辣椒做酱。一般人是借不到药铺的碾子的，因为我们有远亲关系。借来的碾子必须洗去药末，碾过辣椒后又要洗刷干净，不然与药混了，药性也变了。

陈婆子的爷爷和他的表叔配制了一种在当地很有名的狗皮膏药，主要是消肿软坚，提毒生肌的。煮一锅药膏，然后将纸裁成一堆小片，用竹片搅点药膏，在纸片上一旋，就是个黑圆，这就是狗皮膏药。我小时在夏天长了满头的脓疱，一边头大，一边头小，就是这种狗皮膏药贴好的。此药还可贴“暴耳风”，就是痄腮。这狗皮膏药无外乎就是乳香、没药、牛膝、蟾酥（就是癞蛤蟆浆）之类，加上铅丹毒品调剂而成。至于有哪些祖传配方，外人就不得而知了。这“陈氏狗皮膏”在黄金口诊所是名牌产品，销量很大。

后来陈婆子的爷爷死了，是在屋后蹲茅坑被蜈蚣咬了下身死的，一说是中风，一说是中毒。反正从那以后我们就无法拜年，也没有“牙酥钱”了。而中药铺也就从南边搬到西医这边来了。

西医门诊是穿架子瓦屋，住院部和医生宿舍、厨房刚开始是草屋，后来是瓦屋，再后来扩大了，把我家的房子也圈了进去，我家搬到县城后，两间带一偏厦的房子就卖给了诊所，成了他们的妇产科。

西医这边比较复杂，有医术很好，有医术不好的；有医德很好，有医德不好的。

晚上出诊，是西医医生必须有的医德，因西医与我家只几步远，总是半夜听见人们喊医生出诊的拍门声，急切而宏大。而这时，医生总会起来，不说二话地背上药箱跟来人而去。我记得我外婆晚年患上了头疼病，总是半夜疼得死去活来，而这时母亲就要去唤医生。医生百唤百到，半夜三更进屋来，给外婆药吃，打针，然后又默默走了。这还算是近的病人，若是在乡下，几里甚至十几里地，医生们完全步行（没自行车），风雨无阻，其艰难程度可想而知，仅克服半夜袭来的瞌睡就够受了。从一定意义上来说，医生是人世间救苦救难的活菩萨，尤其是过去小镇的医生。譬如我的父亲第一次中风的时候，马上唤来了医生——是个女的，姓黄，一针打下去，父亲就醒过来了。我父亲那时昏迷后已开始打鼾（中风打鼾是死亡的前兆），因为抢救及时，第二天全好了，一点儿后遗症也没留下。

不过医德不好的只有一位医生，忘了姓，他的女儿是我小学同学。这医生有哮喘病，抽烟。逢有点姿色的女病人来打针，先用麻药把人麻翻了过去实行奸淫，然后再看病。后来这事就穿了，这医生也就被抓去了，判了几年徒刑，粉碎“四人帮”以后才出来。

诊所的住院部虽小，虽简陋，也住满了病人，外科手术可以进行阑尾切除，割个包皮什么的也不在话下。

诊所给我印象最深的，还是那些半夜三更从远处乡下抬来的急诊病人，连对河玉湖公社的也有。这些病人都是用担架抬来的，一般是将躺椅绑成滑竿的样子。乡下人看病，不到万不得已，是不会上医院的，半夜抬来的人大多是垂死者；另一部分就是喝农药的、难产的、产后大出血的。而这些人抬来，十有八九走上了不归路，主要是耽误太久，或路途遥远，一路颠簸；或诊所条件有限，医生医术一般。诊所时常给我哭声，那惨痛的哭声真使人不明白这世上的真谛。常常，我们看到一个男人在诊所门口的大街上，疯狂地哭喊着，用头撞击着斑驳的老墙，那是他的妻子死了，且是年轻的妻子，不是难产，便是大出血。

诊所除了赐予我们这些之外，还有就是能找医生要到一个注射器，用来当水枪使用；还能要到一个空药盒，那些药盒子就成了我们装笔的文具盒，其他同学见了会羡慕得要死。这些药盒子大一点儿便可用来养蚕，养鸟。有一次，我用一个大药盒孵几个在荆篱上捡来的鸟蛋，盖上棉絮，以为多少天后就会出现几只鸟来的，结果多少天以后我打开药盒，一股臭味冲出来，原来蛋都黑臭了。

# 北京来了医疗队

北京的医疗队到我们的小镇，是为了落实毛主席“六二六”指示，即“把卫生医疗的重点放到农村去”。于是，这些北京的大医生们不远千里，来到偏僻之地，打着红旗，自带炊具，给缺医少药的乡下送药来了。

送医是真，送药是假。医疗队不可能带很多药来，因都是免费，那高级药不可能给农民吃，还是留给北京的同志享受吧。农民从来就没有真正摆脱过缺医少药的困境，现在依然如此。毛主席指示虽然英明，但不可能把医院搬到穷乡僻壤来，也不可能让农民吃公费医疗。

但是北京来的专家，毛主席身边来的人，还是让黄金口小镇及周边农村沸腾了。他们来了以后，驻扎在搬运站里。搬运站是黄金口唯一有楼的好房子，估计曾是哪个大富商的家。门口有石狮、石鼓，进去那一间间房全用板壁隔开，木楼梯踩得嘎嘎作响。楼上历来是全镇开会议事的地方，可坐几百人。这搬运站成了临时医院，在开诊那天，小镇是人山人海，搬运站门口排起了几里长的队，许多患者都是被人用担架抬来的。但是我看到，北京专家诊断了病人后，也没有多少办法，既不能手术也很少发药，倒是扎针成了万用药。也就是“文化大革命”时风行的扎银针，针灸。

这针灸我看见赤脚医生们经常使用，我们在学工、学农、学军时也学过扎针。当时还有歌谣唱：“小小银针威力大，治好百病都靠它。”不过我们看到的银针都是很细小的，而讲普通话的北京医生们的银针却很粗很长，他们将病人的胯子搬出来，用火柴杆粗的银针扎进肉里去。针粗，手也狠，这都是赤脚医生无可比拟的。病人扎得直抽冷气，他们还不停地捻针，说，有没有酸麻感觉？有不能走路的当场就能走一两步了，有哑巴也能哇啦哇啦地说了点儿什么。于是便一传十，十传百，北京医生的医术确实高明，一根银针真能治百病，一颗红心真能暖千家（当时一首电影歌曲唱的）。

不过也能动点儿小手术，一般是割阑尾和痔疮。我母亲的痔疮就得亏了北京医疗队。这手术室还是在搬运站里。我母亲割了痔疮后因流血过多休克过去，不过还好，捡了条命。

医疗队所有看病、做手术都是免费的，这就难怪每天排长队排到河堤上去了。

几天以后医疗队就走了，就要到别处的小镇去了。但还是留下几个年轻医生在我们诊所里，以协助他们工作，培训他们，提高他们的医术。

这些年轻的北京医生有一天出现在我家屋旁的荒园子里，手拿长篙，长篙上绑一把镰刀。我家种了一排椿树，他们拿长篙是在割那椿树上的嫩叶子。椿树叶有一股难闻的怪味，但他们把叶子捋下来，听说是去炒鸡蛋吃的。大家起初都不相信，以为是做药去的，但好事者亲眼看到他们吃了这叶子，且吃得津津有味。这些北京来的人，怎么吃椿树叶子呢，咱们就是到饿死的地步，也不会吃这难闻的椿树叶子的。

北京来的医生吃了椿树叶了，我们小镇上的人也照葫芦画瓢模仿别人摘了点儿嫩叶子炒蛋吃，结果都吃得呕吐起来，这算什么呀，比吃药还难下喉。

一直到如今，我们小镇也没有谁去吃椿树叶子炒蛋的，虽然椿树在我们那儿家家有栽。

我们叫臭椿，而吃这叶子的叫香椿。

# 依得法

依得法就叫依得法。就是这个名字。他有个亲戚在诊所里，好像是他表姐。这也是他唯一的亲戚，因为有了这层关系，依得法就成了专门给诊所去县城拉药的人。

依得法的小板车套着一匹小毛驴，车上放几箱药品。就这样，依得法从黄金口到斗湖堤，从斗湖堤到黄金口，三天两头地跑来跑去，十五里路被他风风雨雨走了半辈子。

依得法住在河堤上，那可是防汛的河堤，防汛的通道。但谁都无法阻止依得法住在河堤上，把他真是“没得法”。他就是这个名字。他的房子很小，很窄，山间开门，屋顶不过两米高。那房子前面吃饭烧火，后面住人——也只能放一张床而已。这个声音有点变态的、小巧的、闷声闷气的男人，有个儿子，但儿子从不跟他一起住，也不喊他，甚至没有谁见他与儿子亲热。他见了儿子也不喊一下露一下笑脸的。依得法见谁都是一副陌生人的面孔。他儿子有一年跑了，他诊所的表姐的丈夫是个县城开解放牌汽车的，长期在外，竟在北京将这孩子找到了。后来，这孩子就跟了依得法表姐一起住，成了人家的儿子。依得法呢，依得法跟几个女人生活过，给他生了儿子的女人不知道去了哪儿，后来找了一个弱智女人，那女人邋遢，又不能伺候他吃喝，只有挨打的份儿。通常，依得法把那女人打得哇哇大叫，在河堤上，人们经过那土墙房子时，总能听到依得法打女人的声音。

那弱智女人被打跑了。又一个女人进来了。那女人的一只手是畸形，不能活动，但头脑还清醒。不过最后还是被依得法打跑了。依得法最后只剩下一个人，一个人早早起来，套上驴子，在板车上放一捆草料，趁着星光向县城赶去。晚上，卸了诊所的药回到他河堤的小房子里，一个人升火做饭。板车锁在门环上，驴子在屋后的棚子里。有时候，这驴子下了一只小崽，便给依得法的小屋添了点生气。

依得法在镇上是最早一批戴表的有钱人。他买了一块上海 17 钻手表，总是把袖子卷得高高的，冬天也如此，以便让人家知道他有手表——这就像当今的一些人把手机捏在手里一样，是显露财富的举动。可依得法认不到表，或者说认不确切。人家问他："依得法，几点钟了？"依得法说："五点还差一韭菜叶子宽。"于是，"还差一韭菜叶子宽"成了小镇的流行用语。戴表的人对别人问时间的回答，总是"× 点还差一韭菜叶子宽"。

依得法还说他的表是防震的，怎么摔都不会停，于是大家激将他摔摔看。为了证明自己的手表是多么好，依得法果真从自己的屋这边丢到屋那边，嘿，那表真还没摔坏，还一如既往地走得正欢呢。优秀的上海手表！

## 陶大宝与剃头铺

陶大宝听说是喝洗脸水长大的，头脑比较呆板，所以没读几年书便跟他父亲学了剃头。陶大宝给人很稳沉的样子，说话不紧不慢，很健谈，但准确的说法应是饶舌。他与依得法应是同类人，但又比依得法多少灵活一些，至少会懂各种发式，不会把人剃得鲜血淋漓。找陶大宝剃头，十有八九会剃成尿罐盖。我在他手上剃过之后回家，我大姐见了总会把我牵回剃头铺，责令陶大宝对我"再加工"。我的头型本来先天不足，半边大半边小，后脑勺儿外凸，就算是去上海北京剪也剪不出个样子来，加上陶大宝手艺的确很孬，对我来说，就是雪上加霜了。

其实陶大宝剃头并不毛躁，也不赶工，倒是很认真很细致的，剃一个头少说一个小时，我们在童年和少年时剃头就开始刮脸刮耳朵、掏耳屎剪鼻毛松肩膀，大人能享受的我们全享受了，但剪好的头总是看不顺眼，不知何故。

陶大宝饶舌，让他剃头，就会听到各种各样的奇闻逸事，新闻旧事，黄金口发生的事在他那儿汇总，又流向四面八方，这就好比他是小镇的一张报纸，一个电台。我记得他说的也就是某某偷人，某某打架，某村里生了个没屁眼的孩子，某猪生了头小象（长鼻子猪）。另外就是关于钓鱼、游泳、同龄人中的琐事。在陶大宝的椅子上躺下来刮脸掏耳屎，一般是会进入梦乡的，他的声音有催眠效果，虽持续不断，中途也有停顿，俨然如一只蜜蜂在耳畔的嗡嗡。一觉醒来，清清爽爽、干干净净了，他把那躺椅往上一扳，肩膀一拍，几揉，年长些的还给你猛扭两下脑袋，颈椎发出清脆的响声，你担心骨头会扭断，其实并不会，扭过之后人就特别轻松了，特别是头，过去是头，现在是一块棉花，飘飘然。于是付钱，飘飘然走出去，人变了一个人，焕然一新，小镇也变了，生活也变了，就是这种感觉。

这还没有说刮脸与掏耳屎。

刮脸是除了眉毛不刮外，每一寸地方都刮。锋利的刀垂直而下是杀人，掌握好了角度，刮在脸上就成了一种难以言说的享受。在我看来，刮鼻子两边和耳朵特别有快感，一种干硬的，被刮削得一干二净的快感。刮耳朵将耳廓外一一刮净，还刮耳窝内能刮到的地方，刮耳陶大宝（以及陶大宝的父亲）将耳揪着刮，揪得并不疼，一个耳朵如刮上三五分钟，全身舒坦，现在才得知，耳朵上穴位最多，刮了耳朵，也就给你按摩了一大堆穴位。

掏耳屎则更显技巧，掏耳屎的工具自我离开黄金口小镇后，走遍世界，再也没有见着。这些工具装在一个竹筒子里，少说有十来种，铜质，有掏的、刮的、刷的，像陶大宝这样的人，你也不必担心他掏坏了你耳膜，因为是经过长时期的严格训练了的。掏耳朵所占剃头的时间为三分之一，可见师傅对其的重视了。掏耳的快感同样是十分汹涌的。在乡下生活比较脏，小镇上灰尘也多，那时候人也少洗澡，因此污物不少，陶大宝掏出来的大块耳屎，有时还会给你看，就像外科医生割了你的东西会端出给你看一样，表明掏耳的必要性。那么多工具的作用我现在还不能一一说清，但对于掏耳的研究，可见民间师傅对此问题的心得和经验之细，是十分了得的。十种工具的分工肯定有其道理。掏了、刮了、捅了、刷了，双耳好像打通了一般，该听的、不该听的流言蜚语，粗言秽语，家人的唠叨、埋怨、上司的斥责，邻居的指桑骂槐，各种入了耳的噪声，似乎全被掏空了，人如何不神清气爽，英姿勃发？掏耳简直是一次生理和心理的双重治疗，一次精神世界的大清扫，快哉快哉！加上松了筋骨与颈椎，人改变了模样，精、气、神都回到了体内，至于头型剃得怎么样，实在是无足轻重无关紧要的事。现在城市里剃头（应叫理发或剪头），讲究的是形式，也就是发式，却失去了小镇理发的那种实际效果，那种精髓，那种百骨皆酥的快感，真是一大损失。

至于剃头铺的陈设，就很简单了，洗脸是千人共用的毛巾，脸盆也是，脸盆架，荡刀片，机械推剪，剃刀。但是，机械推剪的咔嚓声却是催眠的最好的声音。在剃头铺昏昏大睡的人进入梦乡，有它一份功劳。

剃头铺并非只有剃头的人才进去，往往不剃头的人占多数，这些人就是去与陶大宝切磋新闻和比赛饶舌去的。

陶大宝因为脑子不好使，很久没有找到老婆，据说与一个叫戚姐有往来，戚姐是要钱的。

就在我们全家下放的前夕，剃头铺却搬到缝纫社来了，左边是剃头椅，右边是缝纫机，没有隔墙。但因为我们全家下放，是有缝纫社的某些人从中做了手脚，我父母发誓再不踏进缝纫社一脚，也要我们如此，因而剃头就没了地方，从此与陶大宝的“尿罐盖”手艺悄悄告别了，也听不到他饶舌了，只好跑到至少两里路的老场一剃头匠家里去剃。那剃头匠问过我为何舍近求远，我总是答不出。

另外必须提到的是，黄金口剃头铺的师傅中至少有三个能治“落枕”。

睡落了枕，头转不了筋，僵疼，到了师傅那里，出其不意地将你的头左扳一下，右扳一下，再各一下，嗬，不疼了，落枕好了，能转筋了。在黄金口，落枕之后不上诊所，上剃头铺，是约定俗成的规矩。

还有一点须记，剃头师傅我们那儿叫戴罩师傅，真的是莫名其妙。

## 邹记酱园铺和猪脑髓

一个人告诉我，在黄金口河堤街上，第一家就是邹记酱园铺，他家酱的黄瓜远近闻名，脆嘣嘣，油津津的，小孩特别爱吃。

这个人还说，每天早晨，他都要在屠宰坊去吃生猪脑髓，说吃了这个聪明的。猪杀了，把猪头剖开，就掏出热气腾腾的猪脑髓吃，吃豆腐一样的。一剖两半，可他要吃四个，证明黄金口那时一天至少杀两头猪。而那时吃猪肉的人不多（吃不起）。可见黄金口的热闹与繁华。

这个人讲的邹记酱园铺和屠宰坊生吃猪脑髓我都没见过，他讲的是二十世纪五十年代的故事。这个人同我一样现在客居在武汉，因吃了猪脑髓，果真聪明过人，后来毕业于武汉大学历史系。他现在是湖北地方戏历史的研究专家。他还说，黄金口最流行的是“地花鼓”，有点像湖南花鼓戏，戏班子多为草台班，在河堤边搭台子唱戏。那“地花鼓”的调子是很浪的，用文雅的话形容，是“妖冶”，用黄金口的话形容是“妖眼邪法”。

# 张家香铺

张家香铺在益阳街与河堤街的交汇点。

张家香铺既做插香、檀香，也做盘香，各类香皆有，尤以盘香和小朱砂沉塔香为佳，烧过的盘香和沉塔香一盘盘并不马上掉落，挂在香炉上；长香也如此，烧完后自然弯成圆形，谓之功德圆满。因此张家香铺的香在公安县一带颇有名气。

香火盛是因为寺庙多，信鬼神者众。仅在黄金口，就有过齐居寺、乐善寺、紫霄观、东岳庙、地藏庵、武侯祠等。而一水之隔的玉湖又是隋朝智顗（又名智者，佛教天台宗创始人）禅师的故居，那儿寺庙更丰，仅书上所记的便有江阳寺、灵化寺、永镇宫、报本寺等。

这张家香铺的凋敝是在男女主人先后辞世之后。这张家香铺便是我母亲的家。我母亲本姓张。就在我母亲两岁时，张家香铺便走上了末路。我的母亲离开了到处摆放着各种神香的铺子，被一家姓陈的过继过去。这张家铺子就在黄金口的历史上消失了。随张家香铺消失的还有那些寺庙、道观，以及庄严的佛教，神秘的道教，使它们成了在战争和革命的夹缝中若断若续的记忆。

# 陈大汉子和叶凤兰

黄金口的脚行不少。这个湘鄂边地的水码头，曾是千帆林立，脚行应运而生。脚行就是挑脚，挑“八根系”的。有一年，这个陈大汉子所在脚行挑一溜儿绸布到沙市去，沿堤脚走旱路，在一个叫里甲口的地方被土匪劫了。因有绸布老板压货，那损失也就与脚行与脚工无关了。在这次被劫的行程中，我想陈大汉子肯定是有过激烈的思想斗争的。是反抗呢，还是不反抗?

陈大汉子人高马大，他是个有血性的人，这还不是最重要的，最重要的是，他是个躲避追杀的中共地下党员。

陈大汉子，真名陈道力，荆门县人，二十世纪三十年代就加入了中国共产党，是一名敢杀地主恶霸的激进分子。然而这一年地下党里出了叛徒，几乎在一个晚上地下党便差不多被一网打尽，陈大汉子捡了一条命，是有人给他报了信，便连夜逃离了荆门，一路来到黄金口这边地小镇，隐蔽了起来，仗着一身的力气挑起了“八根系”。

这陈大汉子逃离时没忘了将一个地主家的少妇叶凤兰带上。这一次行动，既是逃亡，也是私奔。那时他在叶凤兰家打长工，于是与叶家之女叶凤兰好上了。这叶凤兰有一双儿女，但为了爱，抛夫弃子，跟上了这个中共地下党员，甘愿冒着被杀头的危险。

当年的黄金口水码头，估计有许多此类躲难的人。

在黄金口住下后，这一对事实上的夫妻再没有生育。他们想抱养一个小孩，来为自己养老送终。而促使他们产生这一想法的，还是叶凤兰知道老家的一双儿女都先后夭折了。这期间恰好张家香铺的男女主人也都死了，遗下个小女孩嗷嗷待哺。小女孩上有两个哥哥、两个姐姐，哥哥们给人帮工了，两个姐姐也做了童养媳以混口饭吃，独这小女孩将要饿毙，陈大汉子和叶凤兰便将她过继过来，成了陈家的女儿。

这抱养的孩子就是我的母亲。我以后姓了陈。如我真要跟母亲姓，也应姓张的。我父亲姓罗，但最后我姓了陈，我的孩子也姓了陈。但我与陈姓没任何血缘关系。

这个组建的家庭是个奇特的家庭，我的父亲来自江西余干，我的母亲是江陵郝穴人，出生地在公安黄金口，而我的外祖父、外祖母，却是说一口山里话的荆门县人。

黄金口解放时，我的外祖父陈大汉子是第一个跑老远去迎接解放军的人，其他人都还不敢这么出头，怕国民党秋后来算他们的账。

陈大汉子就要公布自己的身份了，他的党胜利了，他正准备回荆门去找过去的同志，以便恢复组织关系，没想到一解放，他便因病去世了。

我的外祖母叶凤兰是一个粗通文墨的人，我从小与她同睡一床，为她焐脚，这也表明她是最喜欢我的，我小时经常尿床，可她并不打我——她从来未打过我，倒是时常把我母亲给她的钱再悄悄给我了去买糖和菜包子吃。外祖母写得一手好毛笔字，因出身在地主家，小时肯定读过私塾。可外祖母在黄金口，是以一个有点巫婆味道的老太婆形象出现的。她的名声是一支毛笔催奶。

镇上和周围乡下的一些少妇生了孩子，催不出奶来，什么发奶的食品和药物都用过了，无效后便来找叶妈——我外祖母，外祖母让她们坐定后，便开始磨墨，墨必须是香墨，在砚台里磨得酽酽的，拿出毛笔调好，然后让少妇捋起衣服来，便用毛笔在少妇的奶头周围写符。几下“符”就涂黑了，谁都不知道那毛笔写的什么字。反正外祖母就在少妇的两个奶头上反反复复地写画，约莫半个时辰，就算完了，等墨汁干后，让少妇放下衣服，不许将墨汁擦去，然后说，明后天就出奶。往往，少妇们便在回去后奶如泉涌，不可遏止，然后，少妇和家人就会提了鸡蛋来谢外祖母。

没有谁给外祖母钱的，外祖母从不收钱，因为她不以此为生，完全是一种热心快肠助人。

我想这种巫术看起来很神秘，其实也很容易解释，墨有它的化学性质，起到了部分作用，毛笔反复画，产生了持续的摩擦，奶水便出来了。当然，也不排除心理暗示作用，为因焦急而更不易出奶的少妇解除心理紧张，因情绪平和引起了一系列生理反应。

黄金口的巫术简直太多了，外祖母的这套伎俩不过是小巫见大巫。比如河边有个女人会经常死去，说是到阎王爷那边述职去了，一般是三天三夜睡着不吃不喝，之后，醒过来，便能讲她在“那边”（阴间）看到的一些事情。这就是“过阴”；有专门请筷子神、筲箕神的女人；我还看到一个女人专门用癞蛤蟆给人治病。她家里养着许多癞蛤蟆。有人来了，哪儿不舒服，便提一只癞蛤蟆剖开，连血带肚贴在那人身上，那人便好了；还有给人算命的、挑痞的、挑羊毛疔的，全是些中年或者老年妇女。她们总是神力无边。

外祖母在她的晚年赶上了一些疯狂的年月，饥饿的年月，但她的非血亲子孙待她都很好，有饭先让她吃，还没少零花钱。“文化大革命”时，要破四旧，她捋下一根玉镯，那自是上好的玉镯，要从手上捋下来，可不是易事，几个人帮忙，打了肥皂，半天才从手腕里脱出来，然后交给了“造反派”。外祖母晚年患上了头疼病，总是夜半发着，疼得死去活来，吃过头疼粉就好了，不过好不了多大一会儿，又疼，又得吃药。晚年的外祖母吃有吗啡的头疼粉上了瘾，为此，耗去了许多钱财。她另外一个毛病就是爱下巴脱臼，估计下颌骨关节已经松弛，只要打哈欠，下巴就脱了，然后就得用火钳把它夹着接上去。

后来外祖母瘫痪在床，吃喝拉撒全在床上，母亲细心地伺候她，几个月之后便死去了。这样的死是十分痛苦的。死后她安葬在堤外我外祖父陈大汉子的坟旁。我和我的弟弟骑了棺——骑棺的男孩越多，越表明死者的子孙兴盛，是死者最后的荣耀。她没有取下的另一根玉镯带去了。她也便和那位荆门县来的地下党——她与之私奔的男人一起长眠在了异乡。

多年以后，当我们全家离开了因国道铺通而码头凋敝的黄金口，外祖父、母的坟都荒芜坍塌了，外祖母的坟圈进了别人的菜园，坟头长出了一棵不知名的野树，十分粗大。但是每年春节我从武汉回公安，总要到黄金口去看看，在外祖母坟头大树下，烧一堆纸，放一挂鞭的。

多年以后，我想寻寻这位与我没有血缘关系的外祖父的亲人，在省报上发了一则广告，但没有消息。我既姓了陈，后代也将姓陈，我就得寻陈氏家谱，以便知道我的后代将以什么“派”传。有一次，我从挂职的神农架回来，路过当阳与荆门交界处时，送我的车被荆门的公路稽查人员拦下来了，因那车是政府某人亲戚的私车，未交养路费，就得扣下来，到很远的市区去，还得至少待一夜。当时是寒冬，人肯定受不了，就认罚，起价便是三百元，我就给拦车人解释，说我是省里的人，到神农架挂职，送我回去的，本人又有高血压，能否放行，或少罚一点儿。一个稽查看了我的名片，又要看我的身份证，突然喊另一个稽查道：“陈应龙，这里有你一个兄弟。”另一个坐在车里的稽查就接过我的名片和身份证看了，脸上由铁面变成了绸缎面，问我道：“你上面是什么派？”我说是学字派。“学字上面呢？”我说是道字派。“那你下面就是宗（或忠）字派了。”我问他叫什么，他说叫陈应龙，我说那我们还是亲戚哪，我老家就是荆门人，我祖父是荆门最早的地下党。我之所以说是祖父而不是外祖父，是按常理说的，没谁跟外祖父姓。那陈应龙就把身份证给了我，手一挥，要我们走。我还想问问他一些事的，因罚款的车太多，我插不上嘴了，只好谢了他便走了。那一次，错过了我一个了解荆门陈姓的机会，如今总算知道我下一辈是宗（忠），再下一辈呢，又得去荆门再找寻一次了。

# 秀　婆

秀婆是我外祖母唯一的好朋友。秀婆家是农村户口，但住在分洪安全区。据说新中国成立前在街上做小生意，但新中国成立后就到齐居寺村分田地了，这以后就只好种田了。

我的外祖母在世时，秀婆是经常来我家的，颠着一双小脚，跟我外祖母一样。她是上街卖菜，或者买点酱油、盐之类的东西，顺便来我家坐坐。因了这层关系，我也与外祖母经常到秀婆家去玩。

秀婆的丈夫原来是生产队队长，后来不干队长了，就找了个轻省的活计守鱼塘。那鱼塘就在安全区我们家旁边，很大的水域，碧荷连天，煞是好看。因是秀婆的丈夫，所以我总大着胆子去钓鱼。他见了，只当没见着，既不赶我，也不与我打招呼。若是有另外的人一起钓，他还是会挥锹驱赶并夺了我们竿子的。

秀婆只一个儿子，儿子结婚后，她媳妇待她似乎并不怎么好。但老天保佑，秀婆与她丈夫身体都很好，不像我外祖母病痛多。这样秀婆种菜，养猪养鸡，勤快的日子过得还不错。杀了年猪，总得给我们送点儿肉来，有新鲜的蔬菜，掐几把，上街带给我们。外祖母死时，秀婆来给她擦身子换衣，张罗，且哭了一场。

我的大姐招工去了荆门，但每次回来都没忘记去看看秀婆的。

秀婆比我的外祖母至少多活了十五年。

# 修电筒钢笔的老叶

老叶的房子用芦苇糊泥做壁，两间，家徒四壁。他是沙市人，却在黄金口小镇生活。老叶跟我们是亲戚，我一点儿也没感觉到，且还很亲。比如，我沙市的大姨妈来我们家玩，必到老叶家住一两天，让当时的我百思不得其解。现在总算明白了。原来老叶的老婆胡什么的，其祖父与我母亲的外祖母是亲兄妹。我们两家却基本不来往。我去找老叶修笔，老叶依然要收钱。修笔修电筒，在黄金口老叶是独家经营，他一家就靠此为生。老叶是做女婿，因为他的孩子全姓胡。在我的印象中，他老婆从未到过我们家，倒是他们的小孩与我们尚有来往，常来坐坐，偶尔会吃一顿饭。有一次，胡家大女儿到我们家来玩，大雪纷飞，却穿一条单裤，可见其家穷，我母亲当着她把她母亲好好骂了一顿，说这个懒婆娘。这胡姓女的真的很懒，不管小孩，整天趿一双布鞋，是个邋遢货。我们家与他们无往来，我想最大的原因应是：我母亲两岁不到便过继给了陈家，也就不算张家和胡家人了。

我在夹竹园读高中的时候，班上有个夹竹园的女同学叫胡俊红的，长着一个圆脸，很可爱，但个头很矮，据说她的祖父与我的胡姓亲外祖母也是亲兄妹，但我们也不打交道，因为从来无走动。亲戚不走动，比邻居都不如。后来，倒是我父母在夹竹园做缝纫，无处住，便住在了胡俊红家。

黄金口还有一个杀猪的癞子，据说也与我们是表亲，也可能是胡家那边的亲戚，只是说，也没见有什么来往。顶多见了面有亲切的招呼。那癞子干白刀子进红刀子出的营生，有下水吃，很壮实，在猪肉如此紧张的年月，我们没找过他，他也没给我们弄点儿猪下水。现在想来，之所以出现这些反常现象，还是过继出的问题，与胡家张家来往多了，是不是怕陈家父母心里不痛快呢？听说，老家人这些年与胡姓亲戚渐有了往来，这自然是好事。

## 田家祖母的丧事

田家祖母是黄金口镇活得最长的人，活了大约九十岁。这田家磨面粉轧挂面，驴子都有几匹，日子十分殷实，几个儿女都在外地做事（只有一个在本地镇上的搬运站拉板车）。

田家祖母的死也死得很特别，人是死了，衣裳换了，胸口放了个鸡蛋，口中含了个铜钱，手上攥着手巾，也摊在了门外树荫下，办丧事的棚子搭了，亲朋好友头上都缠了白布，但死者还没落气——还一口若断若续的气慢慢吞吞地“悠”。她的后辈说，那是在盼她的小孙子回来。小孙子是她最喜欢的，在县城某单位做采购。她不见小孙子的面，是不会走的。

就这么，等着小孙子奔丧归来，田家祖母在“悠”——“悠”是黄金口的一种说法。

在“悠”的田家祖母已经享受了死者的所有奢华；棺材放在旁边，流水席也吃了起来，而且丧鼓敲打了三夜，田家祖母也就“悠”了三天，小孙子还没赶回来。

黄金口死人了是要打丧鼓的，特别是老人过世，谓之白喜事。不仅打丧鼓，还跳丧。在楚地荆州，跳丧是死亡的习惯仪式之一。

田家祖母的丧事是在河堤内的堤脚下，这丧鼓打起来也就吸引了许多人，后来，把湖南来的一些船工也吸引来了。黄金口夜泊的船甚多，船工们晚上无事，爬上河堤，见了灯火辉煌和咚咚的丧鼓声，焉有不看热闹之理。况且这几个湖南来的船工是唱丧鼓的高手，于是田家祖母的丧事就上演了一场湖北丧鼓手与湖南丧鼓手的较量。

这一天几个湖南船工的业余高手以看热闹的身份走下河堤，来到田家祖母的丧棚里，自然没人管他们。因为他们是小镇陌生的面孔。

请来的歌师和歌手，也很陌生，多是周围乡下以此为生的民间艺人。这些歌师歌手，每到一处，是不敢太放肆，得先“开歌场”，有点拜码头的意思，谁也不知在看客中是否有比自己唱得更好的歌手。往往这些高手因为没有请到，与那些被请来吃十盘八碗、抽好烟的歌师歌手暗中较劲，尾随而来，要闹场子，拆台，使他们面子扫地。

请来的歌师先是念：“黄花遍地开，仙人下瑶台，发动三槌鼓，引动歌即来。”歌手接着念：“身披红绫丈二长，龙车凤辇到华堂，脚踏祥云把地下，手持龙凤槌一双。”劝了孝男孝女不必悲伤，讲了古孝故事，什么安安送米、王祥卧冰、丁兰刻木、董永卖身等，再念：

歌路少开，
号儿少扬，
有歌者前来帮忙，
无歌者静坐两旁，
传语、传语，
传语歌场内外的师傅们在一起，
今天一不准以大欺小，
二不准文武相轻，
三不准拿锹挖根。
各唱各的是明分，
相伴亡者到天明。……

请来的歌师和歌手一老一少，帮腔跳丧的还有两人，那天唱的是《薛仁贵征西》。

唱到累处，湖南的船工就上场了。

这几个船工长得厚厚实实，一看就是不怕鬼的人，他们开唱，看热闹的喜欢，办丧事的田家更喜欢，增添气氛嘛。

湖南船工开始唱的还是客气水词（散歌），但里面也含有揶揄成分：“……歌师唱歌好一比，好比风车风白米，糠是糠来米是米，碎米子落在二口里。”明是恭维暗是贬低。

被田家请来的歌师只好回唱道：“歌台唱歌真正好，愚下骑马难赶到，水蛇子难赶青竹镳。十个指头有长短，荷花出水有高低，稻场的石磙有粗细，泥鳅鳝鱼扯不得一般齐，簸箕不能把天比。”也有谦虚也有妄气。

湖南船工后来还唱道：“湖北湖北紧隔壁，都是毛主席领导的”之类。唱着唱着火药味就重了，看客中有支持田家请来的本地歌师的，也有支持湖南船工的。支持者多为“南帮佬”（湖南人），黄金口“南帮佬”不少。主街就叫益阳街嘛。田家请来的歌师唱的是：“歌台唱歌莫夸口，强中还有强中手，三斤大麦想熬酒，个把歌儿想充喉，缺巴齿吃枯豌豆，瘫子想要赶强盗。歌台唱歌听我说，你讲狠话我来火，倘若今天要缠我，孝家门前一条河，我脱了鞋子打赤脚，石头果子我都踏破，还未有碰到硬家伙。”

湖南船工口气大：“歌台唱歌莫讲狠，说个实话你来听，高山是我上马镫，洞庭湖是我洗澡盆，阎王是我亲外甥，有朝一日拿你的魂，要我讨保万不能。”

唱到后来完全是辱骂了，什么“拖把金锹来挖你，扯根卵毛来穿你，抠你的嘴穿你的腮，把你上街拖下街。上街下街人又广，踩你的心肝和五脏”。

那一夜，当地歌师与湖南船工的火药味越来越浓，差一点儿打起来了，好在田家人怕他们冲了这白喜事中的“喜”，备了一桌酒席，让他们解和。于是就解和了，就都喝红了脸，拍着对方的肩膀互称兄弟，酒后以烟相赠。之所以让他们未有大打出手的另一个原因是，这些围着死者跳丧的船工与歌手们，都知道那田家祖母并不是一个完全的死人，她还在心平气和地“悠”呢。三天以后，她的小孙子终于回来了，一回家，她也就立马断气了。

## “南帮佬”

“南帮佬”是我们那儿对客居的湖南人的称呼。这些湖南人对公安鱼米之乡的建设是极有贡献的，公安地处洞庭湖之尾，荒湖荒滩尤多，开垦那些血吸虫和鬼魂丛生之地，多是湖南人。因此，湖南人在公安都是种水稻的。他们将田修整得方方正正，田塍上寸草不留，把水田当成了艺术品一样盘弄。他们聚族而居，有时候一个镇、一个乡、一个村，全是湖南人，他们跟当地土著人讲着带点湖南尾子的湖北话，但一听就能听出。我们见多了，能一眼认出是不是“南帮佬”——那全凭了感觉。他们的长相若说与我们有什么区别的话，这便是颧骨比较高，嘴比较大，镶金牙，女人爱穿花花绿绿的衣裳。

公安有多少湖南人呢？在我看来至少有一半，甚至更多。在孟溪（就是 1998 年溃口之地），在闸口，在黄山头，在藕池，在黄金口尤其如此。黄金口是湖南人的海洋，我的许许多多要好的同学都是湖南人，因此我也能足不出户说得一口好湖南话。

湖南人居住在荒湖深处，环境潮湿，奇怪的是他们中很少有风湿骨痛之病，这原因可能在于他们爱吃辣椒，吃辣的习俗影响了我们。更令人不可理解的是：他们冬天都爱睡席子，冰凉冰凉的，不垫被絮，也没见他们背疼腰疼。

湖南人在公安顽强地保持了他们的习俗，除了吃辣椒以外，他们做酱菜的本领也是高强的，他们是吃酱和做酱菜的大王。对于他们，什么都可以酱，且味道独特。我吃过他们的酱冬瓜皮，嘎嘣脆；吃过他们的酱茄子把，不错；吃过他们的酱向日葵梗芯——把向日葵的梗子剥了皮酱。这么说吧，反正不易腐烂的蔬菜，皆可酱。

湖南的同学十分好客，从初中开始，我便经常被请到他们家去玩，有时要走上十里地。进了他们的屋，家长往往十分热情，绝不是湖北人虚情假意的热情；先给你倒一杯芝麻茶，即茶里放了炒熟的芝麻和红糖，或者一杯黄豆茶，然后倾其所有招待你。虽是儿女的同学，但从不敢怠慢，他们真是慷慨。这些湖南同学家吃饭，没有新鲜的肉鱼，总要杀一只鸡，还有腊肉、鲊肉鲊鱼之类，反正一定是满满一桌子。吃了这餐还有下餐，要玩就是起码一整天，玩了之后还要留你过夜。那是真正的留，不是假模假样地留。湖北人是从不留客过夜的。我去了许多湖南同学家，皆是如此。

人说湖南人武蛮，动不动就“妈妈的鳖”，给人翻脸，照我看来湖南人是天下最好的人，他们武蛮，证明他们疾恶如仇，直来直去。有一首歌唱：“朋友来了有好酒，若是那豺狼来了，对付它的有猎枪。”这简直就是在说湖南人。

湖南人的性格与做派深深地影响了公安人，因此公安人作为湘鄂边地一县，与荆州地区的天（门）沔（阳）人性格是截然不同的。评论家樊星先生曾下放到公安县，他说从我身上和其他公安人身上，发现公安人很冲（即言行不拐弯），这起码与天沔人的公认的奸狡相去了很远。老《公安县志》记载公安人的特点曰：“邑俗好鬼神，尚劲悍，知耻负气。”这话的原始来源为《荆州府志》。我认为这些特点都是湖南人的特点，而非湖北人的特点，因此公安县是十足湖南化的地域，在历史上，它曾有一段时间隶属于湖南管辖。

湖南人与我们有许多不同的习俗，这在过年上就可以看见。团年（即吃年夜饭）的时候，湖南人不上真鱼，只上一盘木雕鱼，每家每户的鱼皆雕得不同，团了年，就撤下了，来年除夕再用。

此外他们团年不是在腊月三十，而是在腊月二十九的晚上。因此，一到腊月二十九，小镇的周围便响起了团年的炮竹声，那就是湖南人在团年了。

至今，我都说不出来这提前一天团年的讲究。我想肯定是有讲究的。

## 过　年

过年在黄金口属于最大的庆典。寒碜的过年跟奢华的过年在内心的喜悦上没有什么不同。中国人需要这么松弛的几天，对苦难精神的慰藉，以求得身心的平衡。过年类似于一种理想，中国人失去了过年，一年到头的辛辛苦苦，还有个什么盼头呢？

过年其实不只是春节那么几天，在春节前的两个月——进入冬月就开始了，再加上春节后的一个月，过年带给人们的是三个月的欢乐。进了冬月，天冷了，雪花飘起来了，火盆架起来了，就得想怎么备年关物资了，就得想远方的亲人是否回来，捎信的，写信的，都是一句话：过年要回来啊！盼望也是一种幸福，在家的盼望，出门的也盼望；大人望，小孩也望；小孩望的是过年有好吃的，有新衣穿，到很远的地方走亲戚。

黄金口在楚地中心，又是湘鄂边地，过年的古俗保存完好。志书上说当地过年：“……以牲醴祀神，换桃符，写春帖，向晚祭墓，掰芦作桅子灯，插于先墓，野田荒冢，恍若灯市。爆竹之声，远近交应，通宵不寝，谓之守岁。元旦黎明，迎喜神，谓之出行。入，男女遂拜尊长，男人出拜族党，谓贺新年。”

黄金口小镇的过年，印象中总是大雪纷飞，年味十足。一入腊月，过年的气氛就蠢蠢欲动了。杀猪声、竭泽而渔的欢快声（谓之干鱼）响彻在屋场和湖塘。腊肉腊鱼晒满了檐前。再穷的人家，腊月间也要弄两刀不论好坏的腊货装点门面。

刮苕皮摊豆皮是一景。刮苕皮是将苕蒸煮了捣成糊状，刮到床单上晾干，然后剥下来炒炸。摊豆皮，不是武汉人吃的那种豆皮，是放在冬阳下晒干（原料也是绿豆、荞麦之类），成豆皮丝，日后煮着吃。苕皮与豆皮摊晒在家门口，是一种家底殷实的显示。

到了腊月二十，镇上的穷酸文墨人，就摆出了对联摊子，写着除旧迎新、春回大地、福满乾坤、人勤春早的吉利话。有一种鸟形字对联，不用笔，用竹片蘸着各色广告颜料，每个字由数只彩鸟彩蝶组成，煞是好看。

腊月二十四团小年，吃得比平时要好一些，又比年三十的饭差一些。这一日，家家扫堂尘。因过去家中烧柴，烟熏火燎，草屋顶上多吊“堂尘”，作为一年的唯一一项彻底清扫，对美观与卫生确有必要。

接下来就是准备三十的团年饭了。家家小孩都被驱赶到虎渡河边的码头上，一桶桶地洗藕，洗苕，洗海带，整猪蹄、猪头。大冷的天，小孩们的手泡在水里，一个个冻得通红，但对团年饭的向往，河码头上还是一片欢声笑语，热闹非凡。

除饭食的准备外，还要做“酥食”。当年商店所卖之物甚少，也贵，小户人家只好自己做了。于是，白案师傅东家请了西家请，一个晚上要赶几家的场子，成了腊月飞俏的人物。而这一天你家做了“酥食”，就得忙一整夜了，因是热油锅，就必须把苕皮炸了，米叶子炒了，肉丸子和藕鸡腿子（藕夹）也炸了。

炒货则定在腊月二十七日炒，叫“炒七不炒八”，炒了“八”，翻过年来天天“吵”。炒货中有炒花生、炒苕皮、炒豌豆和米子（米泡），米子用糖稀浇了后，又成了米子糖。炒货炒好后，将陶制坛子烘干贮藏。坛子贮藏，几月不潮，依然焦脆，不“嗝”（焦脆的反义词）。

打糍粑也是过年的标志。糍粑是用碓窝杵的，蒸好的糯米数人相杵，杵得越细越好吃。蒸出的糯米清香扑鼻，而杵好的糍粑从碓窝里扯出一坨来趁热吃，也是香喷喷的美食。碓窝在镇上并不多，有一年我家没借到，只好用缸杵。杵到最后时，一不小心，让我杵了个窟洞。杵破的水缸日后用石灰补好后做了米缸。

团年饭是颇讲究的，要“吃十碗”。豆腐、鱼肉、珍珠三丸子，粉蒸肉、排骨及鸡、肠肚三扣，藕鸡腿子、苕丸藕丸、鱼块三炸，还有一个就是鱼糕，用三鲜浇帽。这些年已经达到二十多碗了。乡下更讲究，有八大、八小、八拼盘二十四盘的“腰汤席”。大罐煮鸡，大罐煮海带蹄花，往往一吃半个月。

开席前须在门口燃放鞭炮，然后关门团年。先“叫”（祭）祖先及死去的亲人，同时在桌下烧纸，弄得满屋烟雾，祭酒则倒于地下，接着全家入席。当地的规矩，团年桌上的鱼不能动，谓之“年年有余”；不能喝汤，否则来年出门即遇雨。

也有团年吃不上肉鱼的人家，一两碗菜也叫过年，但这些人家不在乎，说：“也没见把我隔在年那边。”

团年过后最主要的事，是去祖先及死去亲人的坟上“上灯”。一般用墨水瓶自做，也有用蜡烛的，套上纸罩，所以晚上看去，真“恍若灯市”，这缅怀祖先及亲人的情怀，全在一片暖暖灯火中，真是美丽的哀悼！

三十晚上全家围着火盆守岁，也有叫辞岁的。嗑些瓜子、花生，对劳动者来说，是难得的清闲，常言说：“叫花子也有三天年。”没有电灯的小镇，也少有春节唱戏的小镇，大人们便玩玩花牌，小孩便打铜板，黄金口叫打“波”。打“波”即把镍币（一分两分的）放在一块砖头上，在一定的距离打，打下来即为赢了。过年的孩子都有一些分币，也仅仅只有分币。分币的价值相当于现在的一元币。入夜后小孩们便聚到一堆，到哪户人家去用扑克摸眼，输赢也是以分计。

到了十二点，家家开始放鞭炮，叫着“出行”。此时，全家洗手焚香，先拜家神，再拜灶神，焚烧灶书。拜灶神以猪头献之。

从正月初一开始，拜年讨压岁钱的，玩狮子、龙灯、采莲船、蚌壳精、送财神的，走马灯一样来来去去。

采莲船唱的是“采莲船，来得快，恭喜老板把年拜”。真正的韵味在众多的衬词中，哟哟，呀嗬咳之类，最有地域特色。玩狮子的一来总是气势逼人：“我金狮，踩祥云，踏麒麟，玩的是五福临门啦——”一般人家，也就是一包烟打发而已，富裕人家（或单位）还“挂红”，“红”是红布，系在堂屋中檩上，狮子得搭几张方桌才能够到。挂红处也用绳子吊有香烟，一条或者两条，抓到了归你。两人的狮子，须配合默契，有些功夫。稍有闪失，桌翻人落，不摔个半死才怪。玩狮子的多是高手，不会出偏。取了“红”，满堂喝彩。而送财神的多为老者，所谓财神，一张红纸条，上有木雕财神的印戳，进门即唱：“财神进门来，四季广招财……”财神雕像各不同，有点像拓片，是挺有价值的民间美术作品。

我们那儿，有“过年一个月”之说。正月请春客之俗经久不衰。家家轮流吃酒，天天醉意盈盈。

正月的元宵也就吃吃汤圆而已，但元宵这一天，黄金口必赶“毛狗”。这赶毛狗，就是十五晚上在田间点起柘树枝叶，一同燃起，然后一起吆喝，并敲响锣鼓盆瓢，其势赫然。毛狗为何物？即毛虫也，为害庄稼的田蚕也。春至，蛰虫蠢蠢欲动，乡人必须将这些灾星秽物驱逐出境，于是，一年风调雨顺，无有灾害，人寿年丰。这新年的希望，便在火堆中、喊声中冲泻出来了。“赶毛狗”是农耕时代的习俗，是农民对土地和年景的祈祷。

# 端　午

在中国，一个重大的节日只为纪念一个诗人，也是世界独一无二的。这个古代的诗人引起人们敬重的不在于他的诗，而在于他的舍身成仁。《荆楚岁时记》曰："此灵均沉汨罗日也，人哀其死，舣舟楫拯之，相沿为俗。"

不过小时候我们并不知道这个节日有纪念意义，只知道，吃粽子的季节到了。岂止粽子，新麦已经上市，新麦炒的麦面（炒熟了干吃）香口爽心，新麦做的包子也比陈麦香软。为包粽子打芦叶的时候，可以下水试水性，总之，端午一过，夏天就真正来了。

黄金口的端午又称端阳，分头端阳（初五），中端阳（十五），末端阳（二十五），最热闹的还是头端阳。这一天，上市场去买一把艾草与蒿，合称艾蒿。这艾蒿在一起有一股沁人心脾的清苦味，插在门上，传说是可以避邪的。若一月两月这一束艾蒿干枯之后，取下存放，如皮肤瘙痒，长疮生疔，可用艾蒿煮水洗身子，可以退毒气。

饮雄黄酒我未曾见过，反正有些人家是会饮这种酒的。倒是，每年端午这天，母亲便会买些六六六粉来，沿墙角撒，据说可以杀死蚊虫蜈蚣之类，防止它们在家里乱咬人。

粽子的包法有两种，一种菱角粽，一种叫美人脚。菱角粽团头团脑，而"美人脚"却是很尖很长的式样。小孩爱吃"美人脚"，将粽叶剥了，露出尖尖的粽肉，蘸着罐子里的糖吃，一点点地咬，很有趣味。

黄金口的端午是要划龙船的。这龙船没"龙"，也就是小划子。划龙船主要是虎渡河两岸对阵，这边是镇上的队伍，或老场新岗大队荆城大队的队伍；那边是玉湖唐嘴的队伍。之前双方都协商好了，一条船多少桨手，然后共同出钱在镇上蒸两箩筐菜包子。船从上游的座金山出发，到老场的河道拐弯处靠岸，那儿有一个平缓的大沙滩。距离约有四五里。

端午这天，虎渡河两岸便人山人海。桨手们都由公家配发统一的汗衫，桨手八人或十二人不等，鼓手一个，指挥一个，一声令下，船便进入河心，飞快向下游划去。谁抢先上岸，就得到了早放在那儿的两箩筐菜包子，作为胜利的奖品分而食之。胜利的鞭炮也自然会在他们船头响起。作为胜者，他们将受到英雄般地欢迎。

# 茶　馆

茶馆是小镇生活的中心，它也是一个彻底削去身份的场所。上至国家干部，下至乡人贩夫，男女老少皆可在此一乐。它肮脏，但热闹非凡；它嘈杂，但恰到好处。活计累了，可在此小憩一晌，无所事事，可在此打发光阴。

黄金口的茶馆数易其址，但都逃不过在河堤上或沿河街一带，那儿清水煮河风，香茗烹野曲，一个消夏好去处。到了冬季，茶馆便迁至河堤内，在搬运站后一鲍姓人家宽敞的屋子里升火营业。冬天茶馆自是热气腾腾，无风无浪，那又是冬眠的美榻了。

黄金口茶馆至少七八张桌子，多时二十张桌子。且开有好几家。最大的总是居委会所开，皆是中老年妇女张罗，也有乡下来做工的年轻后生，负责下河挑水和劈柴的活计。茶馆里茶叶和杯盏没什么讲究，也就是一般澧陵的粗瓷器，酥食、瓜子却一应俱全。一杯茶三五分钱，可坐上一整天，逢有说书和拍渔鼓筒的，就要加上两分钱了。

茶馆里的说书人多是江湖客，打一枪换一个地方，若说得好，一本《征东》《征西》下来，也是两三个月，茶馆红火，说书人收入也不菲；说得不好，茶馆老板娘就要婉退了。至于拍渔鼓筒的，多是两人配合，一个拍一个唱，也有两人齐唱或轮唱的。渔鼓筒的唱腔与道白为常德腔板，非天沔渔鼓——公安县从来就没有天沔渔鼓或者荆州花鼓的，它全是湖南风味的艺术。渔鼓也多是老唱本，长的也有《三侠五义》之类，短的都是民间的小故事，什么寡妇偷情、公公与媳妇调情、十八摸之类的荤段子，也有二十四孝，还有卖油郎、杜十娘之类，都是自编的，押韵、流畅，韵脚随时变换。拍渔鼓筒的唱得好，也可以待上两三个月，让人们听了这场赶下场，听了白天赶晚场，场场不挪。满口的劣质茶水味，不断地上茅厕，生怕漏掉了一句唱词。唱到动情处，下面的一些老年妇女也会掏帕拭泪。这场景往往只有拍渔鼓时才能出现，而说书人是不能营造如此气氛的，可见唱曲最能调动人的感情。

有一段时间，说新书蔚然成风。于是，说书人便说起了《烈火金刚》《铁道游击队》《红岩来》。我认为一个说《烈火金刚》的人的确很有功夫，满镇大人小孩每晚都聚在茶馆里外。后来，茶馆还请来了县城最有名的说书艺人沈什么的，他说的是《破晓记》，还有《小砍刀的故事》什么的，当时说书艺人基本上如现在的电视明星或歌星了。这个沈什么的果然非凡，说得丝丝入扣，抑扬顿挫，表情异常丰富。茶馆简直挤破了门窗。

我是茶馆不喝茶的最忠诚的听客，在漆黑的小镇晚上，灯火辉煌的茶馆和那个用醒木拍出来或用渔鼓拍出来的故事，是我全部的梦想。

## 邮电所

邮电所是一个古老的房子，在搬运站对面，也跟搬运站一样有两个巨大的石鼓，夏天坐在石鼓上沁凉透骨。不过让我觉着年头久远的，还是它顶棚上糊的一些报纸，那都是二十世纪五六十年代的报纸，在每一版的下面都有广告。至今我记得有牙膏广告，有火柴广告，有小儿安、头疼粉的广告。而“文革”时的报纸是没有广告的。另外，糊墙的报纸里我还看到了《参考消息》《文汇报》。特别是《参考消息》，看那张报纸简直是收听敌台，让我大开眼界。那里面的营业厅（大约 6 平方米）有个报栏，当然是最新的报纸了，不过只有一份《荆州报》，能经常读到周扬帆、郑定友的诗歌和一些生活气息很浓的小小说，这是十分开心的。后来我花九毛钱订过一个月的《荆州报》，算是开了洋荤。隔日一张的《荆州报》，由我自己去取。这很方便，因为邮电所后门不远就是我家。背街的许多人家要到街上去，都要穿过邮电所，邮电所的前后门是我们每天必经的通道，那个老邮递员（李姓）是从来不会制止的，他的老伴也不制止。邮电所营业厅后面就是他们的厨房，里面锅碗瓢盆加碗柜加油盐酱醋，如此敞开没听说丢失过什么，更无有投毒一说。

邮电所就那李姓两夫妇，他们没有孩子。有一阵子，他们商量着要将我二姐接过去做继女，但后来又不了了之（在我的印象中，我二姐老是被酝酿着要接给别人，比如我的大舅等）。李邮递员除了分发报纸、送信外，还负责接线，当话务员；许许多多的插头从这个孔拔出来插到那个孔，从那个孔插到这个孔。他还得巡线。晚上跺邮戳的声音从那里传来，肯定是老李在一盏油灯下忙乎。

后来，邮电所来了个年轻人，姓马，分担了老李巡线和在小镇周边送报纸的任务。老李老啦，跑不动啦，邮件也慢慢多了起来。于是，小马成了黄金口的第一个乡邮员，每天早上，都能看见他用绿色的自行车驮了一些报纸、杂志和信件，戴着草帽，龙头上绑一个毛巾，往乡下骑去。晚上回来，邮袋空了，浑身却沾满了泥土。若是刮风下雨呢，想象那样的乡邮员吧，皮肤黝黑的、灰头土脑的、精瘦精瘦的、沉默寡言的人，那就是小马。还有，他还得负责巡线。

这个年轻人后来结婚了，婚礼是在邮电所举行的。他的媳妇个子很高，是个乡下女人。老李给他们腾了一间房子，连厨房也给他们了。一年以后，小马就有了儿子。于是，邮电所就有了五个人。小小的邮电所真是人头攒动，很有了生机。

再后来，上面派来了一个姓杨的，是个大麻子，帮助黄金口架线的。

这个大麻子有一个儿子，寒暑假就来黄金口玩，说一口长江边的埠河话。这小子一来就跟我们混熟了。在黑咕隆咚的晚上玩“躲迷藏”时，他教我们装瘸子，而他的瘸子装得很好，瘸法也多。我们跟着他瘸，走到街上，一串的瘸子，对方根本认不出我们来（街上无灯，人只是影子）。

## 搬运站

搬运站的办公室在老街益阳街，仓库和关牲口的地方在河边。

搬运站的办公室是老房子，两层楼，古宅深深，阴风惨惨，经常闹鬼。门口有石狮、石鼓。石鼓夏天坐上去，裆里冰凉，是天然空调。门口还有一个老式的红色消防压水机，已锈迹斑斑，以后成了我们小孩的跷跷板。

搬运站的楼上是小镇开会的地方，夏天的时候，我们也爱到那里面乘凉，睡在条椅上，穿堂风一吹，人就像神仙了。不过，搬运站楼上闹鬼也是尽人皆知的。

河边的搬运站是后来新修的，门前有一大片河滩，平的。搬运站的人一个个都是健壮的汉子，因为黄金口是水码头，所以搬运站在小镇畸形发展，最多时有近百人。这些人有的在为船卸货、上货，有的在街上赶车，甚至赶到县城斗湖堤去，我们叫赶叫驴子。小镇上满是牲口遗下的粪便，走到哪儿都能听到叫驴子此起彼伏的叫声。这些人能一人背一口棉花匣子上跳板，跳板晃晃悠悠，一个匣子少说两百斤。只要你进了搬运站，就似乎有了力气，就可以人人挑油鼓子（油桶）了。挑油鼓子用特制的铁抓，两头一抓，挑起就走，一个油鼓子可能不下两百斤，那么便是四百斤的重负。我们的同学，十五六岁下学去搬运站，瘦瘦丁丁的，也能挑四百斤。据说也有挑得屙血的，可见，这活儿不轻松。但是搬运站的人大多还是小镇中最强壮的人，休息时抵扁担是一种工间休息时游戏，扁担是抬杠，很厚的那种，用下巴抵，用肚子抵，用髋抵，抵输的人给赢家烟抽，大家哈哈一乐，休息结束，再去干活。

在搬运站的板车上偷棉籽饼的记忆是最清晰的。那是 1960 年，听说河边下饼，我们小孩便去了，在板车上坡时，车行很慢，我们装着推车，手就去抓车上的棉籽饼，装进口袋。这些饼是去做肥料的，我们偷来却是吃的。棉籽饼也很香，非常硬，难吃，吃了拉不出来屎。见我们偷棉籽饼，搬运站会派专人在上坡处驱赶我们，但我们总能偷到几块，拿回家，与饥饿的家人分享。

随着水运的寿终正寝，搬运站也悄悄关门了，人、车、牲口，都不见了踪影。

## 看电影

看电影是一种节日。是一种突发的节日，没有料到的喜悦。

往往是，如果镇上有电影，完全不须通知，不到半个小时，全镇老少就会传遍。

镇上放电影有两个地方：一个是河边搬运站的货场前，一个是铁木社门口。全是露天。铁木社门口放电影的时间多。银幕挂在门口，然后观众便全坐在堤坡上，一直坐到堤顶，这么看电影，连板凳也无须带，一个大斜坡，人在草上坐，不必要踮脚上树。

当然也有看银幕反面的，这都是一些小孩，有看反电影的瘾，看演员用左手吃饭，左手打枪，全是左撇子。看反面电影是一种奇怪的刺激。

电影也就是那么几部，除了样板戏，就是《地道战》《地雷战》《小兵张嘎》《奇袭》《突破乌江》《列宁在十月》《列宁在一九一八》等。有些电影看过数遍了，只要说有电影，不管片名，多远也要去看的。

这当然是讲的周边乡下放电影，消息依然能迅速传到镇上来，比如今的电话还快。看一场电影要跑八九十里地，不稀奇，且都是晚上，又无电筒，一脚踏去，牛屎也好，污水泥坑也好，脏了一身是常事。有电影看还算划算的，有时是一个谎报的军情，黑灯瞎火地走了几里路，一问，根本没有电影，恹恹地回家，别提多难受了。

到乡下去看电影，大多走田塍、湖埂，走迷路的，走淹死的，也非稀奇。为看一次电影到乡下借宿，我就做过。

有几兄弟半夜看电影了回来，走了整整一夜还未到家，天亮一看，在自己的屋前屋后打转，就是走不进门去，他们说是被迷魂鬼迷住了。

有一对父子，看过电影后走到了别人家，是冬天，在别人家烤火、吃烟，别人家以为他们只是烤烤身子就会走的，也没在意。哪知烤暖了手脚，父亲对儿子说："幺儿，我们脱衣了睡去。"就倒在人家床上。原来，这父子把别人的家当成了自己的家。他们是一对傻父子。

读高中的时候我一次去县城，第一次坐在白天的黑咕隆咚处看电影，在房子里看电影，坐柳木椅看电影，而看的是跳水的纪录片，女运动员穿汗衫和三角裤跳水，这使我极不自在，好像看女人的私处。才知道，县城的电影跟咱们小镇的露天电影完全是两码事，且是新片子，个个都是第一次看的。而我们从小到大，所看的电影全是那些翻来覆去的"现饭"。唯一不同的是：有时候看正面，有时候看反面。

# 收购门市部

沿着泉水般流淌的笛声，就可以走到收购门市部。那个营业员戴着蓝袖套，上班却吹着笛子。听说，供销社的许多女孩都喜欢他，关于他的风流韵事很多。他长得也不错，白白胖胖，待人也不算恶劣。我们捡拾的破烂卖给他，他细心称了，给我们开票，我们便到供销社商店的书本文具柜台取钱。为什么要到书本文具柜取钱，只有天晓得！

天晓得的还有这个小小的收购门市部究竟收了多少国宝。门市部门口除了经常绷晒着一些牛皮外，还有许多我们从未见过的兽皮，仅我们认识的就有穿山甲、麂子皮、黄鼬皮、河狸皮等。门市部墙上常年挂有七彩山鸡的尾，雉鸡以及稀奇古怪的皮毛。而跟门市部里两个大黄桶比起来，这些又简直算不了什么。

黄桶里装的什么呢？装的全是铜货。这铜货在小镇没有工业用的废铜，全是民间收来，土里挖来的。铜壶铜鼎、鬲、釜、瓯、觚、铜镜、铜箭簇等。更多的铜板、铜钱又是黄桶里的王者了。这些长年被拖到县城去沙市去的铜板钱，总被倒空后又被一桶桶装满，每次装满少说也有一千斤。铜板铜钱中谁知有多少罕见之物呢？反正我们在河边挖出来的全卖给了它，什么刀币、五铢，这通宝那通宝，一抓一把。有时候，我们要打“波”（打铜板），缺了铜板，就用其他旧铜去找那个笛手去换，他总是给我们换。女孩要踢毽子，找他拿几枚穿眼的铜钱，他也会慷慨给予。这些铜货，据说拖到城里化成了铜水。就是不化成铜水，也可能让时光消耗了。记得我曾有一抽屉铜板，有自己在河边挖的，也有在收购门市部换的。换的铜板是最好的，一般五十文的不要，太小，换来的都是一百文或两百文、两百五十文的，如今五十文的都罕见了，更不消说一百文、两百文的了。这些铜钱除了黄铜外，还有白铜和紫铜。白铜的声音特别好听，而紫铜的比较沉手。但后来我家那一抽屉铜板，无形之中一个也不剩了。

收购门市部收购猪小肠做成肠衣，因此门市部后面总有一些人整天洗着肠子。我们会找门市部的笛手去讨要些制好的小肠，这种小肠可做笛膜。当年的孩子都喜爱文艺，都会吹一点儿笛子、箫之类。

但收购门市部最吸引我的还是它收来的那些书。混熟了，我可以经常拿一些书看。那些书都是当年难得在书店一见的书。书店除了马恩列斯毛，就是鲁迅的书了，而收购门市部收来的书中，我弄到手并且十分喜欢的有一套装订好了的 1958 年的全年《漫画》，一本不少。里面有大量的华君武、毕克官、陈跛子等人的漫画。那漫画除了讲到“大跃进”放卫星外，还有大量讽刺美帝国主义的漫画和大量生活漫画，真令人大开眼界。另一本是臧克家编的《1956 年诗选》。序言臧克家引用了“年年岁岁花相似，岁岁年年人不同”的诗句，印象颇深。这本书中，有徐迟的诗，有严阵的诗，有张志民的诗。此诗集我保存了，爱不释手，后来被熊永（写过《三峡，我的家乡》的歌词，已去世）借走了，估计还在他的书柜里。而那本《漫画》，被我一个高中同学借走后未还。此外，我还在收购门市部弄到了几本“文化大革命”时的杂志。另一本让我最喜欢的是钢九一三武钢分团、《武钢战报》、钢二司武测总部、钢工总青印兵团编的诗集《狂飙曲》，里面让我记忆犹新的是两首诗：《请松一松手》和《放开我吧，妈妈！》后者我一直保存到读武大，但在武大期间，不翼而飞。

# 公社和梅老虎

公社所在地在黄金口的老场。那里有一条小街，两边皆两层青砖楼，古风犹存。歪歪斜斜、斑斑驳驳的楼门，都有过商业兴盛的印记。只是新中国成立后，都要入集体，个人商户便消失了，这小街也就没了商业，成了人的住家。

公社也是两层楼，里面深广，一看便知是旧社会大户人家的财产。这公社里有人武部之类的机构，人不是很多。公社一把手是一个精力旺盛的文盲男人，叫梅三木，人称梅老虎。梅雷厉风行，对谁都是一副阶级斗争的严肃面孔。常常整人，把人吼得像犯人一样，因此就有了诨名“梅老虎”。黄金口唬小孩安静，便吓唬说：“梅老虎来了！”再怎么哭闹的小孩也会噤声不语，服服帖帖。

梅老虎是黄金口的土皇帝，他一个人说了算，一手遮天。在黄金口，他当了十几年的书记。这个大字不识的梅书记，发明了一套只有他自己认识的文字。翻开他的笔记本，全是一些圈圈洞洞的符号。所有上级的精神及他要讲的话，都由这些符号组成。他是仓颉似的人物。我们镇上若有小孩不好好写字，大人就指着作业私下对孩子说：“你怎么像梅三木的字了？鸡子抓的。”

梅三木的家属是乡下人，他因此十分仇视镇上的居民，1969 年城镇居民下放时，他在茶馆开会，指着那些居民说：“你们肩不挑，手不提，农民伯伯把你们养了这么多年，你们也该下放种点儿田了。”结果，黄金口的居民百分之九十五赶到了农村，让他们吃尽了苦头。

梅三木后来在县城的一个清闲单位退休。退休后的他已经没有了雄气，蔫耷耷的，穿着蓝棉大衣，筒着手，脚上是一双大头翻毛皮鞋，在马路上东瞄西看晒太阳。后来他患上了一种奇怪的病——脊髓空洞症，无药可治，死了。

## 魏吉伯

魏吉伯不大好做人，他处在夹缝中。魏吉伯姓魏，因为《红岩》里有个特务叫魏吉伯的，大家便叫了他魏吉伯。

魏吉伯住在老场，即公社大楼的那条街上，可他的父亲又是老街的白案师傅。他每天都得跟他的父亲送饭的。在老场与老街的争斗中，他不好加入老场，也不好加入老街。于是，两边都叫他特务魏吉伯。

魏吉伯个子高高的，浑身上下一股臊气。这主要是他爱尿床，又不换裤子就上学来，所以大家见了他都掩鼻。

但魏吉伯是一个奇才，他好像没长骨头似的，两只腿子可以向后弯曲了平放在胯骨两侧，呈“M”形。他甚至能把脚放到脑壳上面去。他天生就是这种骨头，没有练过，因此我们很爱看他的这种表演，也就原谅了他身上那股尿臊味。

魏吉伯在我们班上的文艺表演中，总是演挎盒子炮的角色，这种角色不是翻译就是特务。他戴着那种国民党的帽子，挎着盒子炮，贼眉鼠眼，让大家乐得不行。

魏吉伯小学毕业后就跟他父亲学白案做菜包子和贴锅盔。这可苦了他。

特别是贴锅盔，右手要捋了袖子放进炉子里去贴，他刚学时手臂上燎出一个个水泡，水泡溃烂了，血糊汤流的，吃他贴的不成形状的锅盔，心中还不忍呢。

后来，他实在受不了贴锅盔，就通过他姐夫的关系招工到沙市去了，据说在新纱厂。

## 吹牛角的粟田伯

粟田伯也是我的小学同学，为什么叫“伯”，这么多“伯”，莫名其妙。

粟田伯的父亲是阉牛的，阉牛下乡，不需吆喝，只吹一只牛角，“呜呃——”人就知道阉牛的来了。粟田伯的父亲阉牛，那是要力气的，因此他父亲十分高大。粟田伯因生在阉牛之家，从小就学会了吹牛角。吹牛角要力气，要技巧，一般人很难吹出激昂雄壮的声音来，而小学时的粟田伯就能吹。他书包里总有一只牛角，放学后，在路上一吹牛角，后头就会跟一大队人马，好像是去打土豪分田地的，甚是牛气，因此他总是大伙的头，有大人风度。阉牛我们叫骟牛，骟猪也是。阉鸡则叫“驯鸡”，真是怪。黄金口也有个驯鸡的，一把小刀便行了，下乡时，背一个大网罩，罩鸡的。但驯鸡不让人羡慕，骟牛才是英雄好汉干的营生。

粟田伯后来跟他父亲学骟牛，四乡乱窜，吃香喝辣，非常自由好玩，就开始逃学，后来就没读书了。我下乡之后，看见他在乡下窜来窜去，右手拿阉刀，左手拿牛角，怪神气的。

1998 年大洪水，我家乡公安孟溪大溃口。溃口第二天我即回去了，到了沙市，听说荆江分洪区戒严了，中央决定分洪，沙市渡口停摆了，不能回公安。我坐了个“的士”想去渡口碰运气。问司机，司机说分洪区可以去，他前几天还开车把小孩送到黄金口去了的。我说我不认识你，你是黄金口的吗？他说他老婆是黄金口的，姓粟。黄金口只一家姓粟，我问粟田伯是你什么人？他说是舅佬哥——老婆的哥哥。你看，就这么巧。他说粟田伯现在做生意，他蛮调皮的。我说他小时候就调皮，吹牛角长大的孩子，你说调皮不调皮。四十几岁的人调皮，我估计不是小皮，但他这位妹夫不讲，我也没问。

他们家现在没有谁能阉牛了。这活儿应该是兽医的事了。

## 闻常青和和尚儿子

闻常青没有做到“常青”，在他中年的时候就死了。他本来是搬运站的，以赶叫驴车为生，但也因他红案做得好，逢有哪家娶媳妇或放了老（老人去世）也请他去做酒席。有一年，供销社食堂的师傅不辞而别，就请上了他去顶几天班，没想到顶了三天，便因手指切了一刀，感染上破伤风，一个星期后便死了。

闻常青死了，他三个儿子也就野马无了笼头，大儿子顶他的班，干上了搬运，腰里扎着一条又宽又大的蓝色搭巾，有时也把它包在头上，看上去像沙漠里的中东人。他的小儿子赶儿与我们是同学。所谓“赶儿”，是父母都不欢迎，自己硬要“赶来”的意思，我们那儿叫“赶儿”的不少。有一天，赶儿跟我们一起玩耍时，我们发现他腰里也别了一条蓝搭布巾，脚上还穿了草鞋——搭巾与草鞋属“劳保”用品，一问，大家才发现他小小年纪便参加了工作，跟他大哥一起成了黄声笑诗歌形容的“搭巾一抖春风来，挑山担海跟党走”的角色。但事实是，“搭巾一抖”根本“春风”不来，累得很，要是赶叫驴子得靠腿，一天一趟县城；若是背粮包、棉花匣子，几百斤一包的东西，背在肩上压得你屙血，走在跳板上，颤颤悠悠的，弄不好就掉进河里。

闻常青的二儿子后来招工去了县城，在一个街道工厂里不知做什么，见了我点点头。这二儿子叫和尚，和尚平时不声不响，他爱跟街上的痞子们待在一起。在黄金口时，他们家与我们家几乎没有交道，只不过是街坊而已，他与我本人也没多少交道。他招工到县城，我也招工到县城。县城很大，更无交往。有一天晚上，我在单位，他突然来访了，来访的还有我过去认识的一位脸上长满了雀斑的女孩，以及这女孩的男朋友及男朋友的男朋友。

这伙人来了，也很文雅，说是来玩玩，因街坊来访，加上过去认识的女孩，对他们自然很客气了，到处找同事的杯子给他们倒茶喝，他们也想喝茶，因为他们个个满口酒气，喝了酒口干。他们喝着茶，与和尚在一旁小声嘀咕着什么，然后就对我说，要我陪他们出去走走。于是，我们来到江堤上。在堤上他们磨磨蹭蹭的，又在一堆嘀咕。后来他们就说要走了，我说那我就不送了，于是我一个人摸黑回到了单位。

约一个月之后，有两个搞外调的人来通过我们领导找我，找我的原因把我吓了一大跳。搞外调的人说，我认识的那个雀斑女孩的男友是个二流子，因杀死了人，现抓起来了，他还供出了准备杀我的事情。原来那天晚上，这个二流子从他女友口中得知我曾与他女友很好，于是就吃了醋，怀疑我与他女友有染，那天晚上不知怎么我的街坊和尚与他们搞到了一块儿，与几个二流子喝了几杯骚尿，就决定将我杀了，他的几个狐朋狗友也同意把我杀了——其实我与他们都不认识。说起我的名字，和尚说是街坊，知道我的单位和住址，于是自告奋勇地带着他们来杀我。

那天晚上，他们的袖筒里都藏着刀子，和尚没刀，但他是带路人。后来他们要我陪他们走走，把我引到了江堤上，是准备在堤上杀了我将我抛到长江中的。但那天晚上不知为何，堤上来来往往的人很多，只好作罢，准备改日再杀我。于是那天上天保佑，我躲过了一难。过了两天，二流子又去杀曾与雀斑女孩很好的一个男青年，那次就杀成了，于是，东窗事发。

使我不解的是，那雀斑女孩为何不给我通风报信呢？可能是慑于她男友的武力，那二流子经常对她拳打脚踢。这可以解释，但和尚这人，我与他无冤无仇，我家也与他无冤无仇，而且是从小一起长大的街坊，他为何要领了人来杀我呢？我到如今都百思不得其解。

# “铁罗汉”父子

“铁罗汉”是搬运工，个子不高，但结实如牛，小腿肌肉鼓鼓的，背三四百斤的棉花匣子上船，晃都不晃一下，是搬运站力气最大的，因而得此诨名。

他儿子与我是同学，脚弓很高，把一般人的脚当一只猫，他那脚就是只发怒的猫。但两只脚一样，走路粗看没什么异常，细看才感觉有点问题，以脚尖和脚跟着地。所以穿鞋与人不同，买来的鞋子是无法穿进去的。

铁罗汉一个母亲，一个儿子，过日子照说是很幸福的。他儿子喜欢钓鱼，咱们经常结伴去乡下钓，可是，有一天铁罗汉就要结婚了——原因是原配夫人早死了，于是耐不住寂寞，想找个女人。一般来说，黄金口小镇上的人如搬运站的、铁木社的，出苦力，做手艺的之类，讨老婆都是讨乡下女人，但铁罗汉却讨了个城镇女人，看做派和长相即知。那女人非常漂亮，小铁罗汉一大截，结婚那天，我们小孩都去凑热闹抢喜糖，迎亲的队伍回了，铁罗汉的儿子却跑了。当时现场一片混乱，派出了许多人去寻找，根据线索，寻找的人沿着虎渡河上游的河堤，一直走到江陵县的弥陀寺，还是没能追上铁罗汉的儿子。也许他压根儿就没往那方向跑。

这婚礼就有点糟了，女方那边非常尴尬，新娘又非二婚。很晚时婚礼才进行，我们抢喜糖的小孩们都困得打起了哈欠。气氛显然十分压抑，新郎铁罗汉枯着眉毛，只见新人笑，不见儿子回。

两天以后，儿子回来了。去了哪儿，怎么回的，铁罗汉一概不知。

## 戚　姐

有一年，从北方那个风雪弥漫处来了一个男人，这男人是做兽皮生意的，他来到黄金口码头后，凭着自己的三寸不烂之舌和走南闯北的本领，把戚姐给勾引走了。那时的戚姐大约只有十七岁。

她走了，她的开茶馆的母亲可就急了。寻是寻不到的，冰天雪地的北方在哪儿呢？黄金口的人连方向都不知道。这样戚姐的父母哭了一些天，也就自劝自地安静了下来，只当少生了一个，他们还有几个女儿呢。

过了几年，戚姐回来了，又出现在小镇上，她回来已成了少妇，带着一个洋娃娃似的女孩子。

戚姐一个人带一个孩子成了小镇人暗地里耻笑的对象。她似乎知道大家在背地里指戳她，于是由一个过去活泼的姑娘成了有点发痴的人。

那个皮货商是再也不会来了，戚姐的女儿也不吵着见爸爸。这母女俩生活在戚家，也相安无事，只是戚姐的名声坏了。

为了母女的生活，戚姐后来嫁了个人，嫁了个在本县另一个小镇当国家干部的男人。嫁了个男人，却不在那男人的身旁生活，依然住在黄金口，一个月或者两个月，那男人就来住一次，几天后又走掉了。戚姐的女儿——

叫香香的，把那男的喊爸爸，那“爸爸”给她买许多好看的衣服和鞋子。

这样大约有两年时间，戚姐没跟那男的生孩子，渐渐地镇上的人就发现那个国家干部来得少了，最后干脆就不来了。这事也就不了了之，戚姐不说个中原委，大家也不好开口问。

接着就传来了关于戚姐的许多风言风语，说她跟哪个哪个，又跟哪个哪个。黄金口这个水码头过去是有暗娼明妓的，据老辈子人说，沿河两条街，大多操皮肉生意，也许是天意，那两条街有一半在一个晚上崩圮进了河里，街上的人也就一夜间消失了，喂了鱼鳖。但黄金口新中国成立后也有一些为生活所迫，与南来北往的出差人、船上的船工以及本地的好色之徒苟且。有人说戚姐与摆渡的单身汉何癞子有染，又说与剃头的憨宝陶什么的有一腿。这都是为了养活她的女儿。

不久戚姐就下放了。听说她下放后很少干重活，因她城镇人的肤色和已有的名声，生产队长就打起了她的主意，最后是，戚姐依然住在镇上，但那个矮矬矬的乡下生产队长，却经常将戚姐分的米呀、柴呀都用板车送到镇上来，狗腿子似的，任劳任怨。

这么戚姐在下放的几年里，神仙一样快活，还能给家里分一些新米及香油，其他下放的人在繁重的农村生活折磨下，一个个面青肤黑，形销骨立，戚姐却变白变胖了。

戚姐的女儿香香因跳得一手好舞，长相又俊美，便被县剧团招去了。香香是小镇最漂亮的女孩，见了谁都仰着头不搭理人、不亲热人，骄傲得什么似的。女儿去了县城，戚姐也就再嫁到了县城，这一次，戚姐找了个五十多岁的害哮喘的老头子，听说是个什么局长。戚姐和这个局长在一起简直像父女俩。这差别委实太大了。但大家也说，戚姐总算找到了个依靠，她要有个家了。

戚姐享了几年福，那局长老头不争气，喘得一命呜呼了。

戚姐又成了一个人，不过戚姐的脸上没有悲伤，还是白白胖胖的，与她的宝贝女儿香香走在县城。她依然住在局长家里，跟局长的儿女们在一起，担当着后妈的角色，为他们做饭、洗衣。

后来，女儿香香就结婚了，戚姐也就渐渐老了。

她经常能见到我那也搬到县城来的母亲。听我的母亲说，她非常亲热人，我妈作为街坊前辈大不了她几岁，顶多十岁吧，但她见了就“陈妈，陈妈”地喊得十分亲热。有时还塞给我妈几块钱什么的，让我妈感动得不行，总是夸她是大好人。

戚姐真是个好人。

# 赶猪

在没有好公路也没有多少汽车的年代里，黄金口是湘鄂西边地最大的货物集散地、中转站和水陆联运港口。

虎渡河在黄金口经过时，离县城只有十五里地了，以这样的地理优势，黄金口的河运码头畸形发展。仅每天从各地船只运来的牲猪就挤满了沿河一带，然后将它们赶上岸，赶进一个临时存放的猪仓库里，那猪仓库约有数百平方米，每每天天，猪们清汪鬼喊，屎尿横流，把黄金口的水码头弄得臭不可闻，乌烟瘴气。我们挑水要到这牲猪仓库的上游才能挑到没有臭气的好水。而这有大量粪便的仓库也吸引了四周的农村孩子，手拿钉耙畚箕，瞅准无人时，就跃进仓库的短墙，拼命地抢粪。在“全面积肥”的年月，肥是宝，“庄稼一枝花，全靠肥当家”嘛。上学的孩子放学后，捡一筐肥，交到队里，也可多得点工分。

这些猪除极少部分由汽车运到县城外，大量的是人工押运。押运员算是辛辛苦苦的国家干部了，背着上绣有“为人民服务”的黄挎包，黄挎包上系一条污黑的毛巾，穿球鞋，裤腿卷老高。赶一群猪至少是一船或两船、三船的，押运员显然不够，于是镇上的老人孩子便加入了赶猪的队伍。

赶一趟猪到县城去，要花去整整一夜，押运员会给你一元五角钱。这钱虽不是天文数字，也相当可观了。这样，每到有猪赶，镇上就会有人相邀，呼朋唤友："赶猪去！赶猪去啊！"

猪一出了牲猪仓库，赶猪的人与猪的比例差不多是一比一了。这么多人，押运员付得起吗？押运员才不是傻瓜，他们是一些聪明的人，他们非常狡猾。先不说要几个，不挑选，你爱赶便赶，最后定多少人与他们一起押运，要出了小镇，上了公路之后。这就像用工的"试用期"，许多的试用期都是白干的，那时候，牲猪押运员就学会了这种对劳动力的剥削。他不挑选的道理是：猪从小镇上经过，曲折小巷与出口太多，街上人也多，让这些想拿一元五角钱的人都来赶这一段最艰难的路，猪爱受惊吓，又不听话，赶猪不比赶牛。一头猪不走，几个都赶不动；走岔了道，想赶回正路也非易事，这样不花钱让大家赶，还美其名曰是考察你的个人能力。

赶猪的也没有什么，一条竹苗子便行了。大家拿着竹苗子，猪一从仓库出来，就炸了窝一样，数十人用竹苗子抽它们按队形走。一时间，大街上满是哼哼叫的猪，连屙带撒，街上行人避之不及，后头是拾猪粪的队伍。若走过垃圾堆，猪们便见了家乡一样不想走了，拱着嘴寻吃的。这头猪跑了，那头猪跑了，两个押运员顾了前顾不了后，吩咐人拦猪，还嚯嚯地吹着哨子，这些猪司令，忙昏了头还得忙，丢失一头猪可不是小事。猪上了路，猪也就露出了真相，有调皮乱窜的猪，有懒惰的猪，还有生病的猪，有犟猪，也有疯猪。人上一百，形形色色。猪跟人一样。赶猪的预备队员们便各显身手，尽情表现自己。有会赶的，有不会赶的，有勤快的，有混场子的；有年龄太大，腿脚不便，也有年龄太小，无所适从的。这样，猪考察了，人也考察了。猪赶到公路上，押运员心中就有了数，这群猪大约需要多少人，要什么样的人。于是，挑选就开始了，让猪歇在一处，人站在一处。押运员就指着这个那个说："你，你，你……你留下，你，还有你……你的脚是不是崴了？你的衣裳太穿少了，……你打赤脚不行……"于是点兵结束，可以有许多理由把你留下来赚那一元五角钱，也可以有许多理由把你开销了。开销的人决不声辩，也不会打起来，自认倒霉，丢下竹苗子，白流了一场汗，分文未取就这么走了，就这么被阴险的押运员给剥削了。

这样的时候往往是我们男孩子能留下来，手脚利索，又有力气，还舍得打猪。于是被留下的有一种巨大的幸福感，也很骄傲，更舍得卖力气了，有一种士为知己者死的感激。这时候，往往天已经黑了，于是，在押运员稀落的电筒光下，十几个孩子和老人便赶着一群猪上路了。

为什么总是在晚上赶猪呢？大抵因为晚上公路安静，猪也不会左顾右盼看风景了，另外猪也有驱光性，跟着手电筒走，这比白天赶猪容易得多。

但十几里地，也不容易。也有想暗中逃亡的猪，有这样一头猪，就得抓着它掀它的尾巴，并狠狠地打。有时候打烦了，押运员从路边的杨树上削下一根粗粗的树棒子，往死里揍。这些猪都没有绳子，押运员的挎包里备有一些绳子，逢上不听话的猪，就套上绳子，连拉带掀，让其顺从。有些猪总是掉队，太肥，或是病了，这样也套上绳子，留下两个年长些的，慢慢在后面赶，以免影响猪队伍的速度。

黑灯瞎火地赶完十几里路，爬上大堤，就是县城温暖的灯火了。这时候，县城还在梦乡。我们将猪最后赶到牲猪仓库，天还未亮，大家便与猪睡在一堆，是一些防洪的草袋，我们每人找一个，像一坨泥巴地套进草袋，又疲倦又寒冷地睡着了。冻醒之后天就亮了，我们从草袋里钻出来，辛苦的押运员依然精神抖擞，估计吃了早饭，打着有些酒气的饱嗝，从黄挎包里掏出一叠钞票来，给我们发饷了："你的，你的，你的，这是你的，你的，还有……你的……"

我们得到了这一元五角钱，就走出县食品公司的牲猪仓库，去街头买锅盔吃。我们花一角钱买了两块锅盔，干嚼着，一个晚上加上一个早晨还滴水未进呢。有一些老人和孩子连这一毛钱的干锅盔也舍不得吃，就打着饿肚沿来路往回走去。阳光灿烂，心里别提有多么高兴，揣着余下的一块四角钱，回去交给父母，那是自己劳动挣来的。一路上虽然困顿得不行，因为有着对未来无限的希望，简直是一路小跑地奔向黄金口。

这希望便是：下一次赶猪我又会被选中。

## 通往县城的路

现在要我来叙述通往县城的路，这都是夜晚的感觉。夜晚的感觉是敏锐而长久的，也是深远的。

黄金口没有煤，都是烧柴，烧柴除捡拾一些外，要靠买。烧柴比烧煤贵。但煤却不是很容易搞到的，它要计划。有一次我家弄到了一些煤票。当晚便把板车借到了，鸡叫头遍时，我便与母亲和姐姐拖着板车出了门。缝纫社另一个女工和她的孩子与我们会合了，于是，两辆板车，五六个人便在深夜向通往县城的路走去。

那路是碎石路，两旁有高大的杨树。大人拖着我们，我们也有时下来换换手拖着空板车。在碎石路上行走着四野无人的夜路，大人们说着话，我们在板车上坐着看头顶的星星和路旁田野里黑魆魆的树影与偶尔出现的不知名的灯火（有时是鬼火），一种从未有过的新奇的感觉会突然使一个少年知晓人世的许多秘密与道理。

在四五里路的转弯地那儿，是车祸经常发生的地方，听大人说，这地方不是翻车，就是撞死了人。那时，汽车少得可怜，怎么会在公路撞死人呢？经过那个地段的时候，大人们说那地段不吉利，也有鬼气，于是在板车上的我们就听得浑身发紧，感觉敏锐异常，路旁的树影似乎就是鬼魂，城墙一样走也走不完，而身后的路上似乎也有鬼魂赶来。

在这种刺激的恐惧中走到了金猫口桥。这金猫口桥是黄金口与县城距离的平分线，桥头有几户人家。也无灯光。金猫口是孙夫人城遗址，孙夫人就是孙权的妹妹、刘备的夫人。刘备驻守公安时与孙夫人感情疏离，孙夫人就在距县城七八里的地方住下来了，由刘备所筑，相当豪华，只是孙夫人太寂寞，每天抱着一只金色毛皮的猫打发时光，于是这儿便叫金猫口。就在孙夫人城的旁边，有一口大潭，叫金猫潭。大人们拉着板车又讲起古来，说旧社会大土匪岳纪常就经常在这金猫口拦路抢劫，来往行商被劫了，就绑去先挖了心肝，然后丢进金猫潭里。这潭里不知丢了多少死人，肝呢半夜就让人炒了，给他的小老婆（就是我前面写过的岳某的母亲）下酒吃。

听到这里，我们更加恐惧，那恐惧不亚于鬼魂。害怕有土匪跳出来杀我们一刀，并剖腹挖心。再看大人告诉我们的那金猫潭，潭面在星空下如一面发白的镜子，近在咫尺。那潭里似乎会钻出一个冤魂或坛子鬼。

但是，与大人们在一起，这种恐惧并不是真正的恐惧，没有绝望感，只有安全感。恐惧与安全感结伴一起，会产生一种新的东西。

这样，步履快了，也就能在鸡叫五遍时进入县城。县城是有电灯的，有电灯就有路灯。街上倘未有人，路边空旷。到了十字街头，就是一个巨大的荆江分洪的纪念碑。纪念碑四面都刻有毛主席的题词："为了广大人民的利益，争取荆江分洪工程的胜利。"这题词都是用日光灯圈起来的。日光灯是如此之亮，镶嵌着纪念碑，给人一种高大、庄严，恍若神话宫殿的感觉。对没见过电灯的我，在电灯组成的纪念塔下，我四面都看着，不想离去，想着这县城人的生活，这雄伟的建筑，心中满是憧憬。

我无法忘怀那第一次去县城且看的是深夜的县城，至于是怎么去煤厂拖煤的，是怎么拖回的，我都忘了。只有那黑暗中的一口水潭，那两排城墙般走不完的路边的可怕的树影，那众多日光灯烘托的纪念碑，留在了我的记忆里，时常回味着它们的神奇意义。

# 全面积肥

挖肥挖到了镇上。

毛主席的八字宪法，土肥水种，肥排在第二位。

镇上什么肥都送到乡下去，往往正月初一便是送肥日，但这拦不住农民要进城镇来挖地三尺。

不知道是谁最先发现的，反正有一个生产队在我家左边不远处向地下挖坑索肥。这地下哪会有肥呢？有。因为我家住的地方在几百年前是一个庙，那过去的庙门前都有池塘的，用来放生，叫放生池。这放生池听老辈的人讲，红莲绿荷，煞是好看。几百年前的事他们都清楚！后来庙废了，池塘也淤平了。这些农民就是要挖几百年前埋在地下的淤泥的。

挖下去，果然那泥不同，是黑的，黑土便有肥。就这么，越挖越大，越挖越深，肥挖走了，挖成了一个巨大的土坑，至少深七八米。这挖肥的人还挖出了一些罐子，莲子，铜钱，证明确是一放生池。挖出的莲子我们也捡了不少，几百年前的莲子，依然硬如铁，我们用石头敲了吃，跟新鲜莲子味没有两样。

坑挖了，没有谁回填，慢慢地，就积满了雨水。慢慢地，就有青蛙叫了；慢慢地，就有了浮萍；慢慢地，就出现了许多泥鳅，许多许多，不是几只几十只，而是成百上千只，每到夏日暴雨将至，这些泥鳅就翻出水面，劈波斩浪。

这也巧了。这坑周围近百米无有水，没有水的来源，全是房屋，这泥鳅是从哪儿来的呢？青蛙还好说，青蛙是两栖动物，可以蹦来，泥鳅呢？大人解释了，说：“千年的树籽，万年的鱼籽。”意思是，树籽千年不死，挖出来一样可能发芽（千年的古莲发芽就是这个道理），而鱼籽更长，一万年后遇了水，也可以孵出小鱼来。这么说，泥鳅是几百年前的卵，如今遇水便活了。

只能这么解释，不然，怎么解释呢？

那些泥鳅后来被我们连钓带罾，抓了不少。泥鳅拱豆腐，是道风味独特的好菜。

## 捉龟记

住在武侯祠堤坡上的老秋是个孤老，讲河南话。这人是讨米要饭落脚到黄金口的，在堤坡那儿搭了个小棚子就安了家。安家后他即养了口脚猪（公猪），专干配种之事。老秋常年牵着他那口巨大的脚猪走村串户给母猪配种，小日子过得挺滋润的。猪吃鸡蛋，他也吃鸡蛋，猪吃酒醪他也吃酒醪。我父亲捉乌龟的手艺，就是找他学的。

那时候我们家穷，父亲是外乡人，无有亲戚帮衬，只能靠自己奔了。裁缝一年只有三个旺季，端午、中秋、春节。端午新麦收场，添夏衣；中秋谷子收场，添寒衣；春节一年辛苦到头，活钱多了，四季新衣和婚妆、寿衣皆添。余下的大半年时间，就是漫长的淡季了。为了养活一家八口人，父亲于是拜老秋为师，学会了这门最下贱的叫花子手艺。

捉龟晚上不叫捉，叫踩。晚上踩龟是比较轻松的，排除了对夜晚孤行的恐惧，一支电筒一个人，没入茫茫湖田中。踩龟的时间是谷子成熟时，天气也热，乌龟这时就会从水中爬起来，一是透风；二是可以在田埂上吃到垂下的谷穗。

走在杂草丛生的田埂，脚下踩到一个硬物，那便是乌龟。乌龟被踩到后不会逃走，只会缩了头、肢，于是便成了篓中物。一个晚上，为了踩到几斤乌龟，父亲要走很远的路。在我们的睡眠中，父亲就在不停地走路，犹如孤魂野鬼。踩累了，太困了，就会在农民的屋檐下躺一会儿，有草垛，有牛栏，就是最美的床了。天亮的时候，父亲才回来，一身的泥水，哑了嗓子。

白天呢，白天捉乌龟是最苦的，当然，也要走路，更要跳下水去。乌龟一般在老塘、在荒湖里打洞，所以，村里的一些老塘，水脏，岸边生有一蓬蓬刺棵，且老塘水在六月是滚烫的，父亲无可选择地跳进去，拨开刺棵，寻找着龟洞。找到洞后，先把长钩伸进去打探，有否硬物，有，便伸了手去捉。老塘里的龟，除了大龟外，更有许多毒蛇。毒蛇总爱跟乌龟挤在一个洞里生活。父亲掏出过许多毒蛇，什么稀奇古怪的蛇都见过，乌黑的蛇，银白的蛇。老天保佑，父亲一次都没被毒蛇咬过，在那样的荒村，被毒蛇咬了，后果可想而知。

因此，父亲每天掏乌龟总是被刺划得浑身是伤，脚也会因塘里的玻璃瓦碴划破。可以说，父亲是伤痕累累，旧伤未愈，新伤又添。这且不说，黄金口周边是血吸虫病的重疫区，父亲在我的记忆中，至少治过两次血吸虫病。而且他还患上了胃病。每天早晨出门，只带着两个干硬的锅盔，放进一个布袋里。中午，他就啃这锅盔充饥，长年这样的生活，加上血吸虫和胃病、痔疮、高血压，他的身体不成样子了，瘦丁丁的。

数天以后，家里的龟就有几十斤或者上百斤。父亲便要搭小火轮到沙市去卖。

在沙市怎么卖龟的我没见过，我与父亲曾多次去县城卖龟。十几里地，父子俩挑着一担龟篓，也是夜行。天亮时分到了县城，赶上早市。那时候，县城没有市场。我们在大街上找一处地方，父亲用石头敲龟壳，挖出龟肉，壳放在一边，龟肉取出公龟（颜色是黑的）的龟鞭来便开始卖了。龟肉五毛钱一斤，父亲杀龟，我掌秤收钱。龟肉卖完了，我们吃上几个烧饼，等着龟壳晒干，晒到下午，把龟壳收起来卖给收购门市部。龟壳分盖壳和下板，下板即龟板，值钱，大约七毛钱一斤，而盖壳只有一毛五一斤。卖完了这些，用线头缠起一把龟鞭，便父子俩挑着空篓又步行回去。有时候卖得多，父亲就会买一碗肉丝面给我吃，还会让我逛逛新华书店，买两本娃娃书（连环画）。拿着新书，油了嘴巴回家，心情真是高兴。

那些龟鞭最后都卖给了国家干部，来找父亲买龟鞭的人很多，都是肾虚。龟鞭治肾虚，立竿见影。吃法是将龟鞭炒枯了，研成粉，当炒面这么吃。

## 打　人

我这里说的是打家里人，我打我的儿子，我打弟弟，我父亲打我妹妹，我母亲打我。

我这辈子感到忏悔的是两次打人，一次是打我儿子，一次是打我弟弟。打我儿子是在搬到了武汉，全家挤在一间十四平方米的房子里，简直焦头烂额，儿子刚来武汉读书，讲一口乡下话，没有朋友，放学后就挤进游戏机室看人打游戏。有一天让人将书包里的笔盒和口袋里的五十多块钱的小游戏机给偷跑了，回来说：“我说不出口。”知道后我怒火冲天，本来就很焦躁，于是脱了他的裤子，用衣架狠抽他的屁股，下手之狠前所未有，结果儿子的屁股肿了老高，全是血藤。

打我弟弟则是三十年前的事了。那时候我们全家下放农村，但住在镇上，生活可说是异常艰难。我父亲一次给了两块钱让我七八岁的弟弟去买东西，哪知他玩性大，与一小孩去河边候船室玩，结果两块钱玩没了。两块钱在三十年前，对于我们那个家庭来说，可能是十天半个月的生活费，这简直是一场灾难，立即去找，弟弟说是候船室那个玩伴叫强儿的拿了，那叫强儿的小孩又不承认，与弟弟回来时，走到肖文轩的巷子里，我在逼着弟弟交出交不出的钱来之后，就动起了拳脚，狠狠地抽他，踢他，踢得他在巷子里滚来滚去，大哭大叫。我至今还记得他可怜的无助的样子。这是我平生第一次发这么大的怒并向亲人施暴。

对这两次的施暴和施暴时的不顾一切，想置对方于死地而后快的残暴心理，我多年来每想至此，就心疼不已，愧疚万分。我弟弟怕记不起这次挨打了，我远在日本的儿子也可能早忘记了我的那场法西斯专政。但借这篇文章，我要向他们深深地致歉。艰难的、不顺的日子，很容易把气发泄到别人身上，别人成了你的出气筒，这是很要不得的。在此，我要向世人呼吁，克制自己吧，不要向亲人和外人和任何人展示你的拳脚，不要虐待任何人，解一时之气，可能要愧悔一辈子。

我父亲跟我一样，也很少动手打人的，在我的记忆中，从来没打过我们，心地十分善良。可有一次，我看他下手之狠，也不在我之下。那是我妹妹还小时，不知怎么，就学起了我父亲的口吃，我父亲的口吃非常厉害，人也很自卑，我妹妹的举动让我父亲恼羞成怒，当即就操起我的一支笛子，朝我妹妹头上狠狠打去，那么粗的竹笛顿时四分五裂。我记得我妹妹当时眼睛就直了，好半天木头一样愣坐在那里，连哭也不会了。

上天保佑，这一次没把我妹妹打成脑震荡，头上没开花，是一种奇迹。按常理讲，一根竹笛在一个小孩头上打裂，连包都没起一个，也没留下什么头疼的后遗症，真令人不可思议。不过，对我妹妹来说，这是一次惨痛的教训，它告诉我们，不要在任何时候，嘲笑任何人的生理缺陷。

我只被我的母亲打过一次。我小时候喜欢玩水，而我母亲给我算过命，说我十八岁前犯水煞，是不能玩水的。前面我写过我的同学玩水丧命的事，几乎每年都有。我是儿子，看得娇一些，管得也严一些。但对水的喜好，使我根本听不进去父母的告诫，依然天天玩水。结果在四年级的时候，沉入水底，是一个叫肖万岗的同学把我从水下捞起来救活的。有一次，我去玩水后，天黑前才回来，母亲气不过，把我一顿打，我记得是从竹笤帚上抽出的一根竹苗子，那东西打起人来，比皮鞭还痛，上面疙疙瘩瘩的，专打我那一到夏天就烂乎乎的腿子，打得我疼痛难忍，于是就跑了。我躲在杨五姐姐家的菜园篱笆旁，一个劲儿地流泪，听到母亲喊我的声音，就是不理。晚上蚊虫又多，头上是满天繁星，身边不远是游荡的、鬼鬼祟祟的鬼火，心中满是伤心和伤感的情绪。待了一会儿，还是因为害怕，半夜时分不用人找，自己回家了。

## 俞义章

俞义章是公安县的九个一等残废军人之一。

他从部队转业回来时，被镇上安排到蓄洪屋里住。镇上给了他两间蓄洪屋，屋是很大，但比较破烂。

俞义章能讲黄金口的话，但他的老婆和两个女儿却讲一口普通话。俞义章在镇上拄着一根漆水很好的拐杖，穿着皮鞋，腿脚在走路的时候便咔嚓咔嚓地响。后来，他就把裤腿捋上，大家看到了一条塑料腿，上面用皮带系着大腿，那塑料腿有许多气眼。原来皮鞋里是一只假脚。

可他的皮鞋很不错，那是军官皮鞋，部队里的，他穿的蓝呢子大衣也不错，小镇人是第一次看到那么好的呢子大衣，挺括得什么似的，威风凛凛。

俞义章这只腿是在朝鲜上甘岭战役中丢失的，他只是个炊事员，送饭的时候，腿被炸飞了。另外，他的脑袋里还留了几块弹片，这就是他为什么成了一等残废军人。

他跟镇上的人讲起上甘岭，说与电影上完全是两码事。他说那完全是用人堆的，公安县人在上甘岭就死了许多，你想想全国该死了多少志愿军。

俞义章是我们小镇上的抗美援朝英雄，他因此不做事也能生活，每月县里都给他工资补助，养活老婆和孩子是不愁的。

愁的是，他要经常去换那只假腿。听有人说，他那只假腿把膝盖那儿磨得血糊汤流，经常如此。换假腿县里没有，沙市没有，非得到武汉去换。他的老婆就陪着他去了武汉。回来，不仅换了一只走路好使的假腿，还换了一辆崭新的镀铬的手摇车。

那车也是县民政局发给他的。他有时不走路，坐在车上，用手摇着从新街到老街来，车上还搭个他的女儿。那车在黄金口也是罕见之物，因为它是靠手摇动的。有好事者坐上老俞的车试了几下，很不错，很轻便，不费力就能摇出老远。那时小镇上连自行车都见得少，这手摇助动车更不消说了。于是，俞义章的车摇到哪里，车前车后就会跟着一群小孩子，前呼后拥的，他在车上简直不需摇，自然有人推着滴溜溜跑。

黄金口是手工业小镇，腿脚不便的人很多，那些人对俞义章羡慕得不行，但他们是不敢奢望自己有一天会坐上那种车的。一是那车贵得吓人，你就算有钱，也买不到。二是这车是分配给英雄的，只有英雄才配坐这种车。镇上腿脚不便的人依然拄着木拐走路，或挟着板凳走路，他们看着俞义章八面威风地套着假腿，摇着轮胎车，自叹弗如。

俞义章也经常发病，春天或者下雨之前，那脑袋里的弹片就作祟，折磨他。听说那些弹片在脑袋里都长毛了，取又取不出来，发起病来，他就疯了，打家人，摔东西，疼得在床上撞脑袋，很是痛苦。

清醒时他说起志愿军的事，说所谓志愿军，就是用闷罐车把你装着，一直往东开，开到一个地方停下，打开车门，上级说，现在到了朝鲜，然后就参战。那些刚参加完解放战争的战士，就这样一夜之间成了志愿军。

# 自做玩具的童年

如今城里孩子们玩的风筝、陀螺什么的，都是买的，想玩时，花几块钱买一个，不玩了，丢掉了事，一点儿也不心疼。而我们小时就没有这么幸运了。为了参与到那些游戏中去，我们必须自己动手。说自己动手有乐趣，这只是现在的说法，而当年，谁不想拥有一只成品陀螺或者风筝呢？

做风筝的原材料和制作工艺都要求颇高，在当年，似乎高不可攀。风筝需要青竹，青竹又要破成篾，破篾没有锋快的篾刀是不行的，菜刀无法代替，还要丝面纸，还要放风筝的“索子”线（即纳鞋底的线）。因此，父母在镇上竹木社的孩子便享有了好风筝的特权，他们的风筝的篾是青篾（别人的却是黄篾），扎得有棱有角，如八卦风筝、裤子风筝、马褂风筝、十字风筝、乌龟风筝、燕子风筝，其他的人如我们，就算扎成一个风筝，也不过是月亮风筝，最简单的。因为篾不好，削刮得也不细，粗制乱造，飞得也不高，甚至没掌握好“斗线”的角度，以及筝尾的长度，还放不上去，上去了没几下就扎跟头掉下来，摔破。一般的白纸糊上去，也容易破，而丝面纸（可能是竹纸）就有韧性。每当春天来临，我就只有羡慕别人放好风筝的命了，因我上面没有兄长，两个姐姐也不玩这种男孩的游戏，只能靠我自己了。一般来说，只能去拔人家竹篱上的陈年竹子，破篾，修刮、扎、糊纸、找线，装“斗”，装尾巴。但每一年基本以失败告终。对蓝天的向往是我从小就没有实现过的梦想。以至于到了城里，人到中年，还特别喜欢看人放风筝，也爱买风筝。

陀螺可能就简单一些，找一小筒树，砍个圆锥儿，也就成了。但你要砍好，要锯成一小筒，又要锯子，到哪儿弄锯子呢？这又只有竹木社木匠们的孩子有优势，他们拿出来的陀螺，不仅光滑，成型，还用红黑墨水或油漆一圈圈漆好了，打陀螺时，旋转起来就非常漂亮。我们只能“狗啃”出一个陀螺，因为圆锥不在正中心，旋转时间不长，旋几下就得再抽。但木匠孩子的陀螺，抽一下就会定在那儿旋转几分钟不倒，如使了“定跟法”一样，让我们这些看客啧啧称奇，拍手叫好。如果在圆锥尖上钉一颗钉子，它就更耐磨了，可以打上好几年。打陀螺是要斗狠的，各抽了陀螺对撞，又大又好又沉的陀螺总是威风八面，撞倒一切陀螺而自己傲岸独立，这样的陀螺就会成为陀螺王，拥有者可说是睥睨一切，目中无人了。也不知在哪一年，就时兴起砖头陀螺来，因为耐撞。砍砖头陀螺要用好的砍刀，砖头也要不老不嫩，嫩了容易砍坏，老了又砍不动。于是我便动手砍了。我是个左撇子，又没有使过砍刀，加上砖头就那么大，一下砍在手上，顿时鲜血直流。这印象为何如此清晰呢，因为，我的右手在大拇指根部以下，至今还有一个两厘米长的亮亮的疤痕，这就是当年砍砖头陀螺的纪念。

以上说的是男孩的玩具。有一种中性玩具，男女都可以玩的，这便是“抓子”。抓子用五颗子儿，石子、砖子、桃仁均可。而黄金口为小镇，镇上多有小青瓦，当时最流行的是瓦子。这瓦很好磨，磨得圆圆的、扁扁的，抓起来还有清脆的响声。磨瓦不会伤什么，也不要工艺，只是花时间去磨便是了。在我小学二年级的时候，我清楚地记得我送给一个李姓女同学两颗瓦子，只有两颗。叫李什么星的，父母在粮站。我们是同桌，送瓦子是在睡午觉时，我睡板凳，她睡桌子，睡午觉没几个能睡着的，完全是做做样子，这样就要做小动作了，于是我便趁机给她两颗磨得很光滑的瓦子。

这也是我平生第一次送东西给女孩子。

此外，我们还做过纸折驳壳枪（需要折很多个组装），做过木头手枪，做过铁环，做过弹弓，做过二胡的弦（去搬运站马棚扯马尾），琴筒（用打死的蛇皮绷的），烧红了铁丝烙洞做笛子，做过翻筋斗的孙悟空，“文化大革命”时还与街坊同学一起做过皮影，刻过剪纸如太阳升、葵花向阳、毛主席头像等。自己动手的童年，现在想起来是如此地美妙和敬业，简直令人难以想象。看来，人类正是在这种童年的动手中懂得了希望、失望和绝望，获得乐趣，也因此变得心灵手巧了。

## 没有照片的少年与童年

我现在手头的照片最早是十七岁的留影，那时已经高中毕业了。

初中呢，初中为什么没照相，忘记了。当此书要出版时，谢大光老师要我放一些儿时照片在书里时，才不好意思地告之本人没有照片。

我们这代人，家在乡下的都有几张儿时的照片，我们小镇上的人为何会没有呢？答案只有一个：小镇没有照相馆。也许还有另一个答案：家穷。大约到了高中毕业时，小镇才有了一家小照相馆，而我也是在读高中时才开始在夹竹园照相的。

但我在少年时确照过一张相。大约是七八岁时，与母亲一起去县城，我与母亲的几个女同事一起，在县城照相馆照过一张合影。我站在左侧，梳着小分头，脚上穿着有扣襻的布鞋。照片洗出后加了彩色（用笔染的）。这张照片在我家有几年，后来我们与江西的祖父联系上了，这张照片就寄给了祖父。

1998年我四十二岁，在江西开笔会后我有了机会第一次回到老家。老家的亲人放鞭炮欢迎我。祖父已故去多年，与祖父晚年同居的继祖母也已去世。我找到继祖母的儿子，他当时很紧张，以为我是找他要房子的——我祖父的房子被他继承了，我父亲是独子，且在湖北。其实，我根本没提房子的事，我只想问问他我祖父的遗物，我想看看那里面是否有我那少年时代的唯一留影。然而那个人一口咬定我祖父什么也没留下，什么都没有了。我想也是，就算我祖父留下了那张照片，这个人也会将其销毁，因为他与我祖父无血缘关系。

就这样，江西之行使我失望而归。

如今，我找到我所有的旧照，与黄金口有关的，只有一张，便是与少年好友贺少雄站在虎渡河边，戴着墨镜的合影，挺青春也挺牛的。那一年十八岁吧。

好在，本书中关于黄金口的照片由我的同乡好友、作家邹平补上了几张，我要向他致谢。

# 首版后记：小镇的意味

我曾在一篇小文中说："乡村是往事的海洋。"小镇何尝不是这样。小镇也是往事的海洋。它比乡村显得更幽暗，更曲折，更古老却又有几分骚动不安，鬼鬼祟祟。

如果说乡村的往事是临风的鹳，小镇的往事则是探头探脑的狐。它胆怯，却聪颖。

我们读过沈从文关于边地小镇的故事，在战乱的年代那样的小镇还行走着一些鲁莽的兵士、青楼的女子和流浪的船夫；李劼人的那些小镇，有地痞，有袍哥，有争强好胜的嫖客，也有甘受人欺的茶客。这些小镇的时代都过去了，用"人去楼空"来形容再恰当不过。而我叙述的小镇是二十世纪六七十年代的小镇，它有血腥，也有怪异，有荒唐也有苦难。它是一种闭塞中的躁动，顽强地表现着小镇的疑惑。当然，也有温馨、喜悦与惊诧。任何一个小镇，任何时代的小镇，唯有苦难与温馨、喜悦与惊诧是不变的，还有它深处的那种滞缓的节奏，那种潜入其中的生存法则，都是我们内心喜悦的根据。

为了制止人生的恍惚和晕眩，还是回忆往事吧，它使你站稳，并且平视。

并不只有老人才回忆往事，往事属于所有与人为善的人，安静的人。这些人热爱美好的生活。生活总是美好的。生活即是美。

梅特林克说："回忆是永恒的，它像圣徒的心灵。"

我的心属于小镇的往事。

此书要感谢出版社的朋友和谢大光老师，能让它顺利"出笼"，了我魂牵梦萦的这段回忆。还要感谢邹平、银道禄等朋友，为我提供了部分照片，为本书增色不少。

陈应松

2003.7　于武昌东湖畔

图书在版编目（CIP）数据

小镇逝水录 / 陈应松著 . -- 南京 : 江苏凤凰文艺
出版社 , 2021.4
（陈应松文集）
ISBN 978-7-5594-4436-3

Ⅰ . ①小… Ⅱ . ①陈… Ⅲ . ①随笔 – 作品集 – 中国 –
当代 Ⅳ . ① I267.1

中国版本图书馆 CIP 数据核字 (2020) 第 004331 号

# 小镇逝水录

陈应松 著

出 版 人　张在健
责任编辑　张　倩
特约编辑　王美元
装帧设计　WONDERLAND Book design 仙境 QQ:344581934
出版发行　江苏凤凰文艺出版社
　　　　　南京市中央路 165 号，邮编：210009
网　　址　http://www.jswenyi.com
印　　刷　三河市人民印务有限公司
开　　本　650 毫米 ×920 毫米　1/16
印　　张　10
字　　数　147 千字
版　　次　2021 年 4 月第 1 版
印　　次　2021 年 4 月第 1 次印刷
书　　号　ISBN 978 - 7 - 5594 - 4436 - 3
定　　价　42.00 元

江苏凤凰文艺版图书凡印刷、装订错误，可向出版社调换，联系电话 025-83280257